AF205056

Tucholsky  Wagner  Zola  Scott  Sydow  Freud  Schlegel
Turgenev  Wallace  Fonatne
Twain  Walther von der Vogelweide  Fouqué  Friedrich II. von Preußen
Weber  Freiligrath  Frey
Fechner  Fichte  Weiße Rose  von Fallersleben  Kant  Ernst  Frommel
Richthofen
Hölderlin
Fehrs  Engels  Fielding  Eichendorff  Tacitus  Dumas
Faber  Flaubert
Eliasberg  Ebner Eschenbach
Feuerbach  Maximilian I. von Habsburg  Fock  Eliot  Zweig
Ewald  Vergil
Goethe  Elisabeth von Österreich  London
Mendelssohn  Balzac  Shakespeare  Dostojewski  Ganghofer
Lichtenberg  Rathenau  Doyle  Gjellerup
Trackl  Stevenson  Tolstoi  Hambruch
Mommsen  Lenz  Hanrieder  Droste-Hülshoff
Thoma  von Arnim  Hägele  Hauff  Humboldt
Dach  Verne
Karrillon  Reuter  Rousseau  Hagen  Hauptmann  Gautier
Garschin
Damaschke  Defoe  Hebbel  Baudelaire
Descartes  Hegel  Kussmaul  Herder
Wolfram von Eschenbach  Dickens  Schopenhauer
Bronner  Darwin  Melville  Grimm Jerome  Rilke  George
Campe  Horváth  Aristoteles  Bebel  Proust
Bismarck  Vigny  Barlach  Voltaire  Federer  Herodot
Gengenbach  Heine
Storm  Casanova  Tersteegen  Gilm  Grillparzer  Georgy
Chamberlain  Lessing  Langbein  Gryphius
Brentano  Lafontaine
Strachwitz  Claudius  Schiller  Kralik  Iffland  Sokrates
Katharina II. von Rußland  Schilling
Bellamy  Raabe  Gibbon  Tschechow
Gerstäcker
Löns  Hesse  Hoffmann  Gogol  Wilde  Gleim  Vulpius
Luther  Heym  Hofmannsthal  Morgenstern
Klee  Hölty
Roth  Heyse  Klopstock  Kleist  Goedicke
Luxemburg  Puschkin  Homer  Mörike
La Roche  Horaz  Musil
Machiavelli  Kierkegaard  Kraft  Kraus
Navarra  Aurel  Musset
Nestroy  Marie de France  Lamprecht  Kind  Kirchhoff  Hugo  Moltke
Laotse  Ipsen  Liebknecht
Nietzsche  Nansen
Marx  Lassalle  Gorki  Klett  Ringelnatz
von Ossietzky  Leibniz
May  vom Stein  Lawrence  Irving
Petalozzi  Knigge
Platon  Michelangelo  Kafka
Sachs  Pückler  Kock
Poe  Liebermann  Korolenko
de Sade  Praetorius  Mistral  Zetkin

Der Verlag tredition aus Hamburg veröffentlicht in der Reihe **TREDITION CLASSICS**
Werke aus mehr als zwei Jahrtausenden. Diese waren zu einem Großteil vergriffen
oder nur noch antiquarisch erhältlich.

Symbolfigur für **TREDITION CLASSICS** ist Johannes Gutenberg (1400 — 1468),
der Erfinder des Buchdrucks mit Metalllettern und der Druckerpresse.

Mit der Buchreihe **TREDITION CLASSICS** verfolgt tredition das Ziel, tausende
Klassiker der Weltliteratur verschiedener Sprachen wieder als gedruckte Bücher
aufzulegen – und das weltweit!

Die Buchreihe dient zur Bewahrung der Literatur und Förderung der Kultur.
Sie trägt so dazu bei, dass viele tausend Werke nicht in Vergessenheit geraten.

# Die Damen von Croix-Mort - Erster Band

Georges Ohnet

# Impressum

Autor: Georges Ohnet
Übersetzung: J. Linden
Umschlagkonzept: toepferschumann, Berlin

Verlag: tradition GmbH, Hamburg
ISBN: 978-3-8424-1003-9
Printed in Germany

# Erstes Kapitel

Drei Kilometer von Clairefont liegt auf einer Anhöhe am Saume des Waldes von Vieuville, inmitten eines fünfzig Hektar großen Parkes, den die Divonette quer durchzieht, das Schloß Croix-Mort. Den schönen, stattlichen Bau im Stile Ludwig XIII. überragt ein Turm, dessen Glocke feierlich die Stunden verkündet. Eine doppelte Freitreppe führt in die Vorhalle, die mit gepolsterten Bänken und geschnitzten Truhen ausgestattet und mit Hirschgeweihen und Eberköpfen geschmückt ist, Jagderinnerungen, welche der Graf von Croix-Mort aufzubewahren liebte. An der steinernen Kassettendecke sieht man das gemalte Wappen mit dem bildlich dargestellten Familiennamen: ein Totenkopf in silbernem Felde mit dem Wahlspruch: »Für das Kreuz.«

Auf diesem weiträumigen Edelsitze lebte seit dem Tode ihres Gatten Gräfin Regine mit ihrer Tochter Edmee in völliger Zurückgezogenheit, um ihr Stammvermögen, das durch die thörichte Verschwendung des Verstorbenen arg gelitten hatte, wiederherzustellen. Der Graf, der ein bezaubernd schöner Mann, ein ausgezeichneter Tänzer, ein schmucker Reiter gewesen, hatte seine Frau recht unglücklich gemacht. Ein unverwüstlicher Lebemann, zählte er zu jenen Ehemännern, die in ihrem Heim stets trübselig und verdrießlich, nur in der Gesellschaft ihre glänzenden Eigenschaften entfalten. Seine Geistesgaben widmete er nur dem Vergnügen Fremder, und die zärtlichen Gefühle seines Herzens galten in der That nur den Frauen andrer.

Regine, die von einer bigotten Tante in der Strenge eines klösterlichen Lebens erzogen worden, nahm den Heiratsantrag des Herrn von Croix-Mort an, wie ein Gefangener auf einen Befreiungsversuch eingeht. Für sie bedeutete die Heirat Freiheit. Mit ihrer jugendlichen Einbildungskraft träumte sie von einer Zukunft voll steter Feste an der Seite dieses liebenswürdigen Mannes, der mit seinem einnehmenden Aeußern und seinem heiteren, selbstbewußten Wesen sie, die Arglose, Unerfahrene, mit bestrickendem Zauber an sich fesselte. Das Leben dünkte ihr ein köstliches Gemisch von leicht zu erfüllenden Pflichten und auserlesenen Genüssen.

Bald sollte sie jedoch erfahren, daß ihr Gatte aus eigner Macht-vollkommenheit eine Teilung vorgenommen hatte, bei welcher er ihr die Pflichten überließ und sich die Genüsse vorbehielt. Als die Gräfin sich nach einiger Zeit Mutter fühlte und sich völlig von allen gesellschaftlichen Vergnügungen zurückzog, fing der unbeständige Graf sein leichtsinniges Umherflattern von neuem an. Als Ehemann gefiel er sich im Junggesellenleben ungemein gut und gewöhnte sich allmählich, seine Frau zu Hause zu lassen. Bei ihrer ernsten Geistesrichtung, dachte er, können ihr die Leichtfertigkeiten der Gesellschaft ja ohnehin nicht zusagen, es ist daher besser für sie, wenn sie in der strengen, würdevollen Zurückgezogenheit verharrt, die ihr behagt. Nachdem er sein Benehmen in seinen eignen Augen gerechtfertigt hatte, hielt er es für durchaus überflüssig, dies auch seiner Frau gegenüber zu thun.

Die Anerkennung, die er ihrem Charakter zollte, verringerte sich niemals, aber ebensowenig seine leichtsinnigen Streiche. Er bestand aufsehenerregende Abenteuer, sprang des Nachts aus einem Fens-ter, schlug sich einer Kunstreiterin wegen, verlor im chinesischen Bezique zweihunderttausend Franken, kurz, er galt als Muster eines vornehmen Lebemannes bis zu dem Tage, wo eine Meinungsver-schiedenheit zwischen ihm und seinem Pferde beim Nehmen eines Hindernisses in einer Steeplechase entstanden war, infolge deren er auf einer Tragbahre heimgebracht wurde; sein Rückgrat war gebro-chen und sein armes, krankes Gehirn quoll aus dem zerschmetter-ten Kopfe.

Da seine Witwe ihn so wenig gekannt hatte, beweinte und be-klagte sie seinen Verlust auf das tiefste. Das Leichenbegängnis fand unter Entwickelung eines großartigen Prunkes statt; es war das erste Mal, daß seine Familie das Geld in nützlicher Weise für ihn verausgabte.

Frau von Croix-Mort langweilte sich in ihrem väterlichen Schlos-se nicht mehr als in ihrem Palaste im Faubourg Saint Germain. Sie war für die Einsamkeit geschaffen. Hier nahm die ihr eigne Schwermut, welche durch die Gegenwart geistig lebhafter Frauen einen Anflug von eifersüchtiger Bitterkeit erhalten hatte, einen mil-deren Charakter an.

In dem besänftigenden Frieden der sie umgebenden Natur, der sich auch ihrem Gemüte mitteilte, schmolz der Groll ihrer Seele allmählich dahin. Sie widmete sich völlig der Erziehung ihrer Tochter, die sie zu einer Frau mit wahrhaft gebildetem Geist und anspruchslosem Sinn heranzubilden bestrebt war. Doch Edmee besaß nicht das ruhige Naturell ihrer Mutter, das heftige, ungestüme Blut ihres Vaters gewann nur zu häufig die Oberhand. Die Gräfin sah bald ein, daß sie eine wahre Croix-Mort vor sich habe und daß die Schwierigkeiten ihres ehelichen Lebens in ihrem mütterlichen Leben eine Fortsetzung finden würden.

Edmee war ein leibhaftiger Teufel im Unterrock. »An ihr ist eine Junge verloren,« sagte der Abbé Levasseur, der alte Pfarrer von Clairefont, der sich nach der Rückkehr der jungen Gräfin beeilt hatte, im Schlosse freundschaftliche Beziehungen anzuknüpfen, und in einer Art priesterlicher Eingebung in der Kaminecke des Salons den nämlichen Fauteuil wiederfand, in welchem sein Vorgänger während langer Jahre jeden Sonntag die ausgezeichneten Mahlzeiten verdaut hatte, die er bei der vorigen Schloßherrin eingenommen.

Der Geistliche im Silberhaar war ein gar ehrwürdiger, frommer Mann, der nach der Messe vom Morgen bis zum Abend unterwegs war, um die Unglücklichen zu ermutigen und den Armen beizustehen. Er lebte auf der bescheidenen Pfarre mit seinem Vater, der einst als Glasmaler zu sehr Künstler gewesen, um viel Geld zu verdienen, und heute die vom Winde zerbrochenen Fensterscheiben der uralten Kirche mit den zitternden Händen eines Achtzigjährigen erneuerte. Der Abbé, welcher mit der eigensinnigen Kleinen nicht fertig werden konnte, wenn er sie auf dem Schlosse unterrichtete, hatte gebeten, sie zu ihm nach Clairefont zu schicken, und hier, in der niedrigen Stube des Pfarrhauses setzte er all seine Kraft ein, dem Kinde grammatikalische Regeln beizubringen, während dieses zerstreut durch das laubumkränzte Fenster hinausblickte und dem launischen Fluge der Schwalben im blauen Aether folgte.

»Aber, liebe Edmee, Sie hören mir ja gar nicht zu!« schalt der Pfarrer.

»O doch, Herr Pfarrer ... Sie sagten: Das mit dem Hilfsverb *être* verbundene *participe passé* ist stets veränderlich ...«

Worauf der Abbé mit gerührtem Blick einfiel: »Wie schade, daß Sie Ihre Aufmerksamkeit nicht ein wenig mehr sammeln! ... Sie sind so gut beanlagt! ... Nun wollen wir zu den unregelmäßigen Zeitwörtern übergehen ...«

Doch im Nebengemach knirschte der Diamant, mit welchem der Achtzigjährige die Glastafeln durchschnitt, und alsbald enteilte die Phantasie des Kindes in glänzende, von Heiligen und Jungfrauen mit goldener Strahlenkrone bevölkerte Paradiese, wie sie der alte Künstler auf die Fensterscheiben gemalt hatte. Seufzend schloß hierauf der Pfarrer das Buch, verzichtete auf weitere grammatikalische Analysen und gab seine Schülerin frei, die rasch ins Atelier hineinstürmte, wo auf einem Werktische der Greis Rauten zu einer Rosette ordnete und sie mit Bleiplättchen zusammenlötete, indes er sie mit zwinkerndem Auge betrachtete, um die Wirkung der Figur zu beurteilen.

Regungslos, mit verhaltenem Atem sah die Kleine der Arbeit zu und der geschmeichelte Alte pflegte ihr sodann einen Pinsel und Farben in die Hand zu geben und lehrte sie Arabesken nachzeichnen. So saß sie stundenlang schweigend da mit entsetzlich beschmierten Händen, aber glückselig, voll leidenschaftlichen Eifers, der sie erstaunliche Fortschritte machen ließ.

An der weißen Wand des Ateliers hing ein kleines Glasgemälde aus der italienischen Renaissance, den Kopf des heiligen Michael darstellend, mit blauen Augen, blondem, wallendem Haar unter einem granatfarbenen Samtbarett und einer goldenen Halskette auf einem Wams von Silberstoff. Dieses reizende Gesicht versetzte Edmee in die höchste Begeisterung. Eines Tages meinte der alte Glasmaler lachend, das Kind müsse wohl in das Bild verliebt sein, worauf der Priester errötend entgegnete: »Höre, Vater, nicht einmal im Scherze solltest du so etwas sagen ...«

»Nun, dieser heilige Michael ist schön genug, um einen starken Eindruck auf das Gemüt zu machen, mein lieber Abbé; es ist eins der wenigen Stücke, die Annibale Carracci auf Glas gemalt hat ... Es wurde während der Belagerung Genuas unter Massena von unserm Oheim nach dem Palazzo Doria gebracht ... Das Bild besitzt einen großen Wert, obwohl es kaum größer ist als meine beiden Hände ...«

»Gut denn, so verschließe es in deinem Schrank, damit es nicht beschädigt werde ... Dann wird Fräulein von Croix-Mort es nicht mehr sehen ...«

Am nächsten Morgen fand Edmee das Bild nicht mehr. Sie sah den Pfarrer und seinen Vater mit fragendem Blicke an; da aber beide schwiegen, preßte sie die Lippen übereinander und schwieg gleichfalls, malte jedoch aus dem Gedächtnisse eine sehr gelungene Kopie des schönen Italieners. So offenbarte sich ihr heftiges, leidenschaftliches Naturell in allem und jedem. Zu ihren größten Belustigungen gehörte es, die Füllen auf den Weideplätzen galoppieren zu sehen und sie mit lautem Zuruf zu rascherem Laufe zu ermuntern, wobei sie in die Hände schlug, wie es die Roßmäkler zu thun pflegen. Eines Tages traf man sie auf einer Stute spazierenreitend, das Kleid wie eine türkische Hose aufgeschürzt, ohne Sattel und Zaum, sich nur an der Mähne festhaltend. Als die Gräfin diese Heldenthat vernahm, rang sie die Hände und murmelte leise vor sich hin: »Ganz wie ihr Vater! ...«

»Unser teures Kind paßt eben nicht für unser Jahrhundert, Frau Gräfin,« meinte der Abbé; »zu den Zeiten der Fronde hätte sie als bewundernswerte Amazone sich an den Kriegszügen beteiligen können, aber heutzutage dürfen Frauen weder Lanzen brechen, noch politische Intriguen anzetteln. Die Sticknadel und der Telemach, das ist's, was sich für unsre jungen Mädchen ziemt.«

Leider aber ist das, was sich ziemt, nicht immer das, was gefällt. Wenn Edmee nicht mit dem Malen von Erzengeln beschäftigt war, eilte sie ins Freie hinaus und durchstreifte Wald und Feld in Gesellschaft Jean Billets, eines Vertrauensmannes der Frau von Croix-Mort, welcher dem Grafen in den Krieg gefolgt war und in seiner derben, plumpen Gestalt alle Fehler und alle Vorzüge der picardischen Rasse vereinigte.

Er war mißtrauisch und hitzköpfig, aber dabei ehrlich und treu ergeben. Die Familie der Billet war bei den Croix-Mort seit drei Generationen bedienstet; in der Zeit hatten sie sich gewöhnt, die Besitzung als ihr Eigentum zu betrachten und mit dem Rechte, das ihnen ihre Ergebenheit erworben hatte, von »unsren Waldungen, unsren Feldern und unsrem Heu« zu sprechen. Als leidenschaftliche Jagdliebhaber waren sie der Schrecken aller Wilddiebe. Um den

Burschen die Lust am Hasenfang zu benehmen, hatte Großvater Billet, der von herkulischer Stärke gewesen, ein Verfahren ersonnen, das bedeutend einfacher war und viel rascher erledigt wurde, als irgend ein gerichtliches. Er fiel nämlich mit geballten Fäusten über den ertappten Verbrecher her und ließ ihn nicht eher los, als bis dieser halb erwürgt war.

Diese summarische Rechtspflege hatte sich in der Familie fortgepflanzt, und wenn in der Umgegend von Croix-Mort ein Bauer mit einem blauen Auge zu erblicken war, hieß es gleich scherzweise: Der ist sicherlich Billet in den Weg gelaufen!

Der letzte dieses eigenmächtigen Geschlechtes war unvermählt geblieben. Er hatte ein noch schrofferes Wesen als seine Ahnen und lebte einsam in einem kleinen, weißen, mit roten Ziegeln gedeckten Häuschen am Waldesrande, in alleiniger Gesellschaft von zwei Affenpintschern und einem Hühnerhunde. Von früh bis spät durchstreifte er die Besitzung, stets im Schatten der Bäume, um nicht gesehen zu werden und desto besser zu sehen, wählte mit geübtem Blicke das zu erlegende Wild und zielte so sicher, daß er niemals genötigt war, einen zweiten Schuß aus seinem Kuhfuß abzugeben, wie er seine Flinte humoristisch zu nennen pflegte.

Diesen Wilden hatte nur die kleine Edmee, der er einen wahren Kultus weihte, etwas zu zähmen vermocht. Wenn sie ihn »mein alter Billet« nannte, lachte ihm das Herz im Leibe. Einst, da er sie bei strenger Winterszeit über Kälte klagen gehört, hatte er zwanzig Nächte am Rande einer in das Eis des Teiches geschlagenen Öffnung auf dem Anstand verbracht, um Ottern für sie zu erlegen, und war dann eines Morgens freudestrahlend im Schlosse erschienen, ihr das kostbare Pelzwerk zu überbringen.

Wenn Edmee durch die kleine Parkthür entschlüpfen konnte, lief sie nach dem Walde, ließ aus einem silbernen Pfeifchen, das ehemals ihrem Vater gehört hatte, drei helle Pfiffe ertönen und setzte sich dann unter einen Baum. Nach wenigen Augenblicken hörte sie die dürren Reiser im Dickicht knistern, wie unter dem flüchtigen Fuß eines Rehes, und alsbald eilte Jean Billet voll Freude der Kleinen entgegen. Sodann wanderten beide dahin, nicht heimlich, wie er sonst pflegte, unter dem Schutze der Hecken oder hinter dem grünenden Vorhang des Laubwerkes, sondern unter freiem Himmel, in der lachenden Heiterkeit blühender Gefilde. Sorgsam nahmen sie die den Iltissen und Mardern gestellten Fallen in Augenschein, belauschten das Treiben der Kaninchen, die tollen Sprünge der Hasen, oder zählten die Eier in den Rebhuhnnestern. Zur Mahlzeit kehrte Edmee zurück, ermüdet von der wohlthuenden Bewegung, den Duft getretenen Thymians an den Schuhsohlen heimbringend, begleitet von dem menschenscheuen Billet, der demütig den Rücken beugte unter den Vorwürfen der Gräfin, die, höchst aufgebracht, das große Mädchen von vierzehn Jahren schalt, das sich im Walde herumtreibe, statt im Salon eine schickliche, gesetzte Haltung zu bewahren.

Die Gräfin hatte Edmee aufwachsen sehen, ohne jene innige Freude der Mütter zu empfinden, die in der allmählich heranreifenden Tochter eine liebe Gefährtin erblicken. Eine zu große Verschiedenheit der Gefühle und der Geschmacksrichtung trennte die beiden. Frau von Croix-Mort mit ihrem empfindsamen, träumerischen Wesen fand in dem geraden, verständigen Sinn Edmees keinen Anknüpfungspunkt, um sich ihr anzuschließen. Die Mutter hatte schwache Nerven, fühlte sich stets abgespannt und verbrachte ihre Zeit, auf einem Ruhebett ausgestreckt, Romane lesend oder die Summe der Enttäuschungen überdenkend, die ihr das Leben bis jetzt gebracht hatte. Die Tochter hatte gesundes Blut, war von lebhaft thätigem Charakter, sah im Lesen eine langweilige, geisttötende Beschäftigung, verabscheute jede erkünstelte Poesie, liebte und bewunderte aber die freie Gottesnatur.

Dem Kinde fehlte ein Vater, der sie in seinem Wagen zur Stadt gefahren oder Ausflüge zu Pferde mit ihr unternommen haben würde, kurz, ein Vater, der es verstanden hatte, durch Zärtlichkeit ihre Liebe zu gewinnen und durch ernste Strenge sich ihre Achtung zu verschaffen.

In dieser Wüste von Croix-Mort, im alleinigen Umgang mit ihrer kühlen, gleichgültigen Mutter, dem gutmütigen, ein wenig beschränkten und ewig mit seiner Verdauung beschäftigten Pfarrer und Jean Billet, einer Art gezähmten Wolfes, aber von barschem, rohem Wesen, war Edmees liebebedürftige Natur noch nicht recht zur Entwickelung gelangt. Auf sich selbst angewiesen, hatte sie ein mehr körperliches als geistiges Leben geführt und verdiente in der

That die Bezeichnung der »wilden Hummel«, wie die Gräfin sie verdrießlich nannte, wenn sie ihre Tochter von ihren Spaziergängen mit wirrem Haar und zerrissenem Kleide heimkehren sah. Zuweilen fiel sie in plötzlichem Zärtlichkeitsausbruch über ihre Mutter her und überschüttete sie mit heftigen Küssen und stürmischen Liebkosungen, was den Unwillen der Frau von Croix-Mort noch viel mehr erregte, als die gewöhnliche Gleichgültigkeit des Kindes.

»Welch abscheuliche Manieren!« rief sie unwillig aus, während sie ihr Kleid wieder in Ordnung brachte, das durch den Ungestüm ihrer Tochter etwas gelitten hatte. »Man sieht wohl, daß du im Walde unter wilden Tieren lebst.«

Betroffen und verwirrt stand Edmee da, mit hochgeröteten Wangen und die Augen voll Thränen, während sie ihr kleines Herz in heißem Weh hoch aufwallen fühlte.

Mit vierzehn Jahren wurde sie konfirmiert, und von da ab vollzog sich eine seltsame Wandlung in ihrem Gemüte. Der Glaube nahm Besitz von ihrer Seele, und mit dem glühenden Eifer, der in allem, was sie unternahm, zu Tage trat, widmete sie sich jetzt ihren Andachtsübungen. Ihre Schwärmerei ging bald in wirklichen Mysticismus über, ihre Gedanken wendeten sich ausschließlich Gott zu, der Jungfrau und Jesu. Stundenlang kniete sie in der auf ihren dringenden Wunsch neu hergestellten Schloßkapelle, vor einer, die heilige Mutter mit dem Gotteskinde darstellenden, bemalten Gipsfigur in Anbetung versunken. Sie lernte den Katechismus, verschlang die Evangelien, war ebenso fleißig, als sie früher zerstreut gewesen, und setzte ihre Umgebung durch die Ausdauer ihres Eifers in höchstes Erstaunen. Die Widerspenstige, »die wilde Hummel«, wurde ein Muster von Gelassenheit und Folgsamkeit. Die Gräfin konnte es gar nicht begreifen und der gute Geistliche meinte mit zum Himmel emporgeschlagenen Augen: »Ja, sie ist bekehrt! Gott hat um unsertwillen ein Wunder gethan.«

Bittet, der es mit den Religionsgebräuchen keineswegs streng nahm, da er der Meinung war, ein guter Waldhüter dürfe ebensowenig die Kirche besuchen als das Wirtshaus, weil unterdessen nichtsnutzige Kerle dem Wilde Schlingen legen könnten, war mürrischer als je, weil er seine junge Herrin nicht mehr zu sehen bekam. Er brummte: »Sie werden sie noch bleichsüchtig machen, wenn sie gezwungen wird, den ganzen Tag Bücher in den Händen zu halten, statt mit mir die Felder zu durchstreifen, was ihrer Gesundheit doch viel zuträglicher wäre, als mit dem ›kleinen Schwarzen‹ fromme Lieder zu singen.«

So wurde der Geistliche seiner Soutane wegen von Bittet, unehrerbietig genug, benamset.

Er war nun völlig vereinsamt und seine Gemütsstimmung wurde immer schroffer, so daß er sich in seinem Verkehr mit den benachbarten Landleuten mehr und mehr unduldsam zeigte. Als er einst einen von ihnen beim Abschneiden von Birkenzweigen ertappte, welche dieser zur Verfertigung von Besen benützen wollte, band er ihn acht Stunden an den Baum fest und drohte ihm, ihn hier verhungern zu lassen.

Am Tage der Konfirmation konnte Billet der Versuchung doch nicht widerstehen, nach Clairefont zu gehen, um das junge Fräulein im weißen Musselinkleide und Schleier zu sehen. Er zog eine neue Bluse an, legte seine großen Ledergamaschen ab, hing seinen »Kuhfuß« an den Nagel und betrat zum großen Erstaunen der Dorfbewohner zum erstenmal, seit er im Amt war, die Kirche. Während der ersten Hälfte der Ceremonie stand er kalt und finster an einen Pfeiler gelehnt. Als er aber unter dem tiefen, andächtigen Schweigen der Gemeinde Edmee das Gelöbnis sprechen hörte, wurde er von einem Zittern erfaßt, seine mächtige Brust hob sich, laut stöhnend sank er auf dem Steinboden in die Kniee, den wirren Bart von Thränen überschwemmt. So blieb er bis zum Ende der Messe und wagte nicht, aufzublicken, wie beschämt über sich selbst. Nachdem die Kirchenbesucher sich entfernt hatten, ging er in der stillen, leeren Kirche umher und besah sich mit der Neugierde eines Wilden die Kirchengeräte, die Heiligenbilder, dann schritt er gesenkten Hauptes hinaus und kehrte in seinen Wald zurück.

Von diesem Tage an kletterte Edmee nicht mehr auf den Bäumen herum, um unreifes Obst zu pflücken. Man sah sie nicht mehr atemlos durch die Parkalleen stürmen, als wolle sie irgend eine phantastische Beute erjagen; sie ordnete ihr Haar sorgfältig, wenn auch ohne jede Koketterie, pflegte ihre Hände, die rauh und schwielig gewesen, schnitt ihre Nägel, die bisher den Krallen einer wilden

Katze geglichen, mäßigte ihren regellosen, knabenhaften Gang und sah gar bald so ziemlich wie ein Fräulein aus.

Frau von Croix-Mort betrachtete staunend den Schmetterling, der sich aus der häßlichen Raupe entfaltete. Sie mußte zugeben, daß das junge Geschöpf eines gewissen Liebreizes nicht entbehrte und daß, obwohl zur Zeit noch linkisch, es doch recht anmutig zu werden versprach.

Gewohnt, die einzige Frau im Schlosse zu sein, empfand sie diese Rivalität nicht ohne geheimen Widerwillen, und war auch nur der gute Pfarrer zugegen, um ihr den Hof zu machen, so legte sie doch großen Wert auf ihre Herrschaft, der die sieghafte Umwandlung in Edmees Wesen jetzt Abbruch zu thun drohte. So stand denn zu erwarten, daß Mutter und Tochter eines Tages beginnen würden, ihre Kräfte gegenseitig zu messen, und daß sodann der »kleine Schwarze«, wie Billet sich ausdrückte, zwischen beiden Parteien hin und her gezerrt, die Folgen dieses Kampfes werde empfinden und erdulden müssen.

# Zweites Kapitel

Mit ihren siebenunddreißig Jahren war Gräfin Regine noch eine reizende Frau. Ihre blonde Schönheit war in der Einsamkeit höchstens ein wenig verblaßt, wie eine Blume zwischen den Seiten eines Buches. Ihr häufiges und längeres Verweilen auf dem Ruhebette hatte sie an Körperfülle mehr zunehmen lassen, als gerade wünschenswert, allein ihre Taille war doch noch schlank und ihre Schultern erfreuten sich einer stattlichen Breite.

An den langen Abenden, die Frau von Croix-Mort in Gesellschaft des Geistlichen zubrachte und die mit endlosen Monologen ausgefüllt wurden, welche der Priester nur hie und da durch ein:»Gewiß, Frau Gräfin!« unterbrach, das ebenso salbungsvoll klang, wie sein »Amen« nach der Messe, philosophierte sie ins Blaue hinein über die Stellung der Frau in der Gesellschaft, über Liebe und Ehe. Erging sich dann die Gräfin zuweilen in allzu lebhaften Gefühlsbetrachtungen, so senkte der gute Pfarrer sittsam errötend die Nase und ließ ein halblautes, verlegenes Hüsteln hören, das für eine Art Ordnungsruf gelten konnte. Auf dieses Warnungszeichen hin kehrte die schöne Regine seufzend zu rein idealistischen Anschauungen zurück, und auf diesem neutralen Gebiete stimmten die Ansichten des rasch beruhigten Priesters vollkommen mit denen der Gräfin überein.

Ein feinerer Beobachter als der würdige Mann hätte in den umständlichen philosophischen Ausführungen der Gräfin die geheime Bitterkeit und das schmerzliche Vermissen ihrer Seele leicht herausgefühlt. Die Liebe leugnen, heißt dies nicht, sie nie empfunden haben und darüber unglücklich sein? Frau von Croix-Mort, die das reifere Alter erreicht hatte und ihre Jugend entschwinden sah, machte aus der Not eine Tugend. Zur Gleichgültigkeit gezwungen, verdammte sie jede Erregung. Und doch kannte sie Stunden fieberhafter Aufregung, in denen all das unbefriedigte Sehnen ihres Herzens in Empörung geriet und sie nach stürmischen Kämpfen in schmerzliche moralische und physische Niedergeschlagenheit verfiel. Dann hieß es, sie habe Migräne und müsse das Zimmer hüten. Wenn in solchen Stunden Edmee, die gesund und kräftig, gar nicht begreifen mochte, daß man so viel an seinen Nerven leiden könnte, ernst und leise hereintrat, um nach ihrem Befinden zu fragen, so erhielt sie ein abweisendes: »Laß mich doch!« zur Antwort, woraus sie schloß, daß ihre Gegenwart mehr lästig als angenehm sei. Sie schlich dann wieder hinaus und zog sich in einen kleinen Winkel des Erdgeschosses zurück, wo sie sich ein Maleratelier eingerichtet hatte.

Unter dem Fenster desselben ließ sich häufig ein schwerer Tritt auf dem Kiese vernehmen. Es war Jean Billet, der unter dem Vorwande, Wildbret zu bringen, aufs Schloß kam, um einen Blick von seiner jungen Herrin zu erhaschen. Er blieb draußen stehen, und seine blaue Tuchmütze zwischen den Fingern hin und her drehend, fragte er: »Wollen Sie heute nicht einen kleinen Spaziergang machen, Fräulein Edmee? Im Gehölze gibt es junge Fasanen, die kaum den Eiern entschlüpft sind. Die Dingerchen sind gar so herzig anzusehen ... Der Boden ist trocken ... das Wetter mild ... lockt Sie dies nicht hinaus?«

»Ein andermal, mein alter Billet. Sieh, ich bin heute sehr beschäftigt ...« Und um ihn zu trösten, lächelte sie ihm freundlich zu.

»Das sagen Sie jetzt immer! Ach, ich weiß nicht, was man Ihnen bei der Konfirmation gegeben haben mag ... aber seit jenem Tage sind Sie nicht mehr dieselbe. Sie haben jetzt Wald und Feld nicht mehr gern und bleiben den ganzen Tag auf einem Stuhl sitzen ... Mein Gott, was für eine Farbe haben jetzt aber auch Ihre Wangen! Am Ende werden Sie noch krank! ...«

»Nein, ich befinde mich sehr wohl, doch wenn du mir einen Gefallen thun willst, so bringe mir einige Nußhäher, ich möchte mit ihren blauen Flügelfedern einen Ofenschirm verzieren ...«

»Die sollen Sie morgen haben, Fräulein Edmee ...«

Daraufhin entfernte sich der Waldhüter mit beruhigtem Gemüte, da er sich durch die trauten Bande des Gehorsams wieder an seine angebetete Herrin gefesselt sah. Aus der Ferne vernahm Edmee alsbald die Schüsse, welche die in den Buchen kreischenden Vögel niederstreckten

Vier Jahre waren verflossen, seit Edmee ein stilles, vernünftiges Mädchen und ihre Mutter allmählich ein überspanntes Frauenzimmer geworden. Im übrigen war die Zeit über die Schloßbewohner dahingeschritten, ohne eine merkliche Veränderung ihres körperlichen oder geistigen Zustandes hervorzubringen. Bloß der gute Pfarrer hatte sich etwas verändert. Er begnügte sich jetzt nicht mehr mit seinem Nachmittagsschläfchen, sondern schlummerte auch während des Tages häufig ein.

Die Gräfin trat jetzt in ihr achtunddreißigstes Jahr, und sie, die bisher die Einfachheit selbst gewesen, wurde nun von einer plötzlichen Gefallsucht angewandelt, die sich in der Vorliebe für ausgeschnittene Kleider kundgab, für Spitzenärmel, die den runden, vollen Arm freigaben, und kleine Halbschuhe, die den mit einem durchbrochenen Seidenstrumpfe bekleideten Fuß sehen ließen. Wem aber sollte denn eigentlich all dieser Aufwand gelten? Einem frommen Priester etwa, der dafür unempfänglich war, oder ihrer Tochter, die er gleichfalls nicht berühren konnte? Vielleicht gar den Vögeln des Himmels oder dem idealen Wesen, das sich allmählich in die Träume der schönen Regine eingeschlichen hatte?

Das ganze Jahr hindurch war auf Croix-Mort kein Fremder zu erblicken. In der ersten Zeit ihrer Witwenschaft war die Gräfin zu gedrückt gewesen, um ihren Nachbarn Besuche zu machen. Es waren das überdies auch lauter alte, langweilige, zimperliche Leute, deren Gesellschaft nur lästige Pflichten auferlegt hätte, während ein geselliger Verkehr mit den bürgerlichen Kreisen von Vieuville oder Clairefont der Gräfin von Croix-Mort unter ihrer Würde dünkte. So lebten denn Mutter und Tochter wie zwei Dornröschen im verzauberten Schlosse, und als Prinz figurierte nur der brave Pfarrherr, der freilich nicht dazu angethan war, sie zu erwecken, als an einem Sommernachmittage ein fremder Wagen in der großen Lindenallee, die zum Schlosse führte, angerollt kam. Die Dienerschaft eilte an die Fenster mit der Neugier und Hast von Wilden, die plötzlich ein Schiff ihrem Strande nahen sehen.

Der Wagen war ein eleganter Phaethon, mit einem schönen Fuchs bespannt, den ein junger Mann lenkte. Der Fremde fuhr auf dem Kies des Hofes eine elegante Kurve, warf die Zügel seinem Bedienten zu, der von der Höhe des Rücksitzes herabgesprungen war, um das Pferd zu halten, stieg langsamen Schrittes und mit unentschlossener Miene, als habe er viel eher Lust, wieder umzukehren, als einzutreten, die Stufen der Freitreppe hinauf und trat in die monumentale Vorhalle ein. Hier zog er aus seiner saffianledernen Brieftasche eine Karte, reichte sie dem ihm entgegeneilenden Diener und sagte mit wohllautender Stimme: »Fragen Sie die Frau Gräfin, ob sie mir die Ehre erweisen will, mich zu empfangen.«

Er wurde in ein kleines Sprechzimmer geführt, das mit seinen Korduantapeten und seinen geschnitzten Birnbaummöbeln ein sehr gefälliges Aussehen hatte. Aus schwarzem Rahmen lächelte das künstlerisch gemalte Bild eines noch jungen, schönen, tadellos eleganten Mannes herab. Über dem Gemälde hing das Wappenschild der Croix-Mort. Der Besucher musterte es zerstreut und murmelte ungeduldig: »Ich hoffe, die gute Dame wird mich nicht lange aufhalten ...«

Er seufzte, wie jemand, der sich langweilt und, ans Fenster tretend, warf er einen gleichgültigen Blick auf die Terrasse. In vollem Tageslichte erschien er als ein sehr schöner Mann mit blauen Augen und blondem, in der Mitte geteiltem Bart; sein tadelloser Anzug sowie Hand- und Fußbekleidung waren die des echten Parisers. Auf den ersten Anblick konnte man ihm ein Alter von dreißig Jahren beimessen, faßte man ihn aber aufmerksamer ins Auge, so bekundeten die Fältchen an den Schläfen, der Einschnitt um den Mund neun bis zehn durch Toilettenkünste verheimlichte Jahre.

Das Öffnen der Thür entriß ihn seinem Nachdenken. Er drehte sich um, sah sich Frau von Croix-Mort gegenüber und verbeugte sich mit erstauntem, befriedigtem Lächeln, da er gewahrte, daß die »gute Dame«, wie er sie genannt, durchaus nichts Matronenhaftes hatte.

»Herr Ferdinand von Ayères?« fragte Regine mit einem Blick auf die Karte, die sie in der Hand hielt.

»Ja, Frau Gräfin, Ihr Nachbar. Ich wohne vier Kilometer von hier im Schlosse de la Vignerie. Sie gehen wenig aus, ich meinerseits lebe drei Viertel des Jahres in Paris, so kommt es, daß mir das Glück noch nicht so hold war, mich Ihnen vorstellen zu dürfen.«

Frau von Croix-Mort maß den schönen Ferdinand mit stolzen Blicken. Aus seiner Redeweise klang ihr ein Mißton entgegen; die aristokratische Erziehung, die sie zehn Jahre vor ihrer Rückkehr in das Provinzschloß genossen hatte, erwachte wieder in ihr, und mit dem ganzen abweisenden Stolze einer großen Dame, der man ungelegen kommt, sagte sie: »Wollen Sie mir vielleicht erklären, Herr von Ayères, was mir das Vergnügen verschafft. Sie bei mir zu sehen?«

Der Baron ließ sich nicht aus der Fassung bringen, er strich mit der Hand über seinen schönen, blonden, goldglänzenden Bart und erwiderte: »Ach Gott, ich weiß wohl, daß dieses Vergnügen ein sehr geringes ist, gnädige Frau, seien Sie versichert, daß ich nur einer dringenden Notwendigkeit gehorche, indem ich mir herausnehme, Sie zu belästigen ... Vernehmen Sie die Ursache. Ich bin passionierter Jäger, meine Besitzungen grenzen an die Ihrigen; so kam es, daß ich heute morgen unwillkürlich die Grenze überschritt und in ein Gehölz geriet, das zu betreten ich kein Recht hatte ... Ich schoß einen Fasan ... Kaum wollte ich ihn aufheben, als Ihr Waldhüter, der hinter einem Gebüsch auf der Lauer gelegen haben mochte, auf mich zusprang, nur das Wild aus den Händen riß und mich mit einer gerichtlichen Klage bedrohte ... Der Bursche, einer der rohesten Art, die mir jemals begegnet, wollte meine Einwendungen gar nicht anhören, befahl mir, ihm sogleich den Rücken zu wenden, indem er mir beteuerte, daß, wenn er mich je wieder ertappen sollte, ich es gehörig büßen würde ... Natürlich ließ ich mich nicht weiter mit ihm ein; da ich aber voraussetze, daß die Befehle, welche Sie diesem Manne erteilen, nicht so strenge sind, wie man es seinem Vorgehen nach zu glauben berechtigt wäre, so entschloß ich mich, in eigner Person Ihnen mein Haupt auszuliefern und Sie zu bitten, mich wenigstens diesmal nicht auf öffentlichem Platze hinrichten zu lassen.«

Seine schönen weißen Zähne schimmerten, während er mit lachendem Munde erzählte, und seinen Kleidern entströmte ein leichter, feiner Duft.

»Ich weiß, daß Billet ein höchst eigensinniger Mensch und daß es besser ist, nicht mit ihm in Streit zu geraten,« entgegnete Frau von Croix-Mort. »Aber glauben Sie ja nicht, mein Herr, daß ich sein rohes, freches Benehmen gutheiße; denken Sie nicht weiter an den kleinen Vorfall von heute morgen, er wird keine Folgen haben, und entschuldigen Sie freundlichst den Mangel an Lebensart bei einem Diener, der nur aus übergroßer Ergebenheit fehlte.«

Der schöne Ferdinand verbeugte sich mit feinem, ehrerbietigem Anstande.

»Ich danke Ihnen, gnädige Frau, daß Sie mich mit so viel Wohlwollen behandeln. Es bleibt aber deshalb doch Thatsache, daß ich mich heute morgen eines Vergehens schuldig gemacht ... Gestatten Sie, daß ich mir zu gunsten Ihrer Armen selbst eine Geldbuße auferlege.«

Dabei entnahm er seiner Brieftasche eine Fünfhundertfranknote und legte sie mit gleichgültiger Miene auf den Kamin.

»Ich fühle mich geneigt, dem Zufall zu danken, der mich diesen Fehltritt begehen ließ, weil er mich in Ihre Nähe brachte ...«

Diesmal widersprach die Gräfin nicht. Er warf ihr einen lebhaften Blick zu und schritt nach dem Ausgang hin. Im selben Augenblick ging die Thür auf und Edmee sagte im raschen Hereintreten: »Mama, Billet ist da, er wünscht dich zu sprechen ...«

Beim Anblick des Fremden blieb sie einen Augenblick betroffen stehen und machte errötend eine entschuldigende Handbewegung.

»Fräulein von Croix-Mort, meine Tochter,« stellte die Gräfin in aller Form vor; dann fuhr sie in verändertem Tone fort: »Es ist der Waldhüter, der ohne Zweifel von mir die Erlaubnis erbitten kommt, Sie verfolgen zu dürfen ...«

»Ich hatte nicht zu viel Vorsprung. Wer weiß, wie sehr er Sie gegen mich eingenommen hätte, wenn er früher gekommen wäre! ...«

Alle drei schritten hinaus und fanden in der Vorhalle den alten Jean, der mit umgehängter Flinte hier wartete, indes sein Hund draußen vor der Thür lag. Er riß Mund und Augen weit auf, als er den Verbrecher in zuversichtlicher Haltung in Gesellschaft »seiner Damen« sah. Er brummte etwas in seinen roten Bart hinein und krümmte den Rücken wie ein gestellter Eber.

»Frau Gräfin, ich sehe, daß Sie bereits wissen, worum es sich handelt,« begann er in mürrischem Tone. »Ich habe diesen Herrn heute morgen im Walde ertappt.« »Es scheint sogar, daß Ihr höchst unhöflich waret,« unterbrach ihn die Gräfin. »Ihr mißbraucht in ganz eigentümlicher Weise die Rechte, welche Ihr in meinem Namen ausübt ... Ich wünsche, daß Ihr in Zukunft Euer Benehmen ändert ... Was diesen Herrn betrifft, so wird er fortan auf unsrer Besitzung jagen, wann und wo es ihm beliebt, und Ihr werdet darüber wachen, daß ihm kein Hindernis in den Weg gelegt werde ...«

»Ihre Güte beschämt mich, Frau Gräfin,« sagte der schöne Ferdinand.

»Ich gewähre Ihnen mit dieser Erlaubnis keine allzu große Gunst, mein Herr, wir sind hier nur Frauen und unsre Jagd soll, wie es heißt, eine sehr ergiebige sein, ohne daß sie jemand genießt ... Sie werden uns dafür Wildbret schicken, damit ist alles geordnet ...«

Der junge Mann erging sich von neuem in Danksagungen, verabschiedete sich, bestieg sein Phaethon und fuhr in raschem Trabe davon.

Jean Billet, der ihm mit den Augen folgte, stand noch immer unbeweglich an derselben Stelle und Edmee mußte ihn anreden, ehe er sich des Ortes, an dem er weilte, zu erinnern schien. Er sah die Gräfin mit vorwurfsvollem Blicke an, schob mit einer raschen Achselbewegung den Tragriemen seiner schweren Tasche zurecht, pfiff seinem Hunde und entfernte sich ohne ein weiteres Wort durch die Parkalleen.

»Ich glaube, Mama, daß du den armen Billet sehr gekränkt hast,« sagte Edmee.

»Das wäre wohl ein rechtes Unglück!« entgegnete die Gräfin scherzend. »Er ist ein ganz abscheulicher Flegel! Es war wahrhaftig angezeigt, daß er einen Verweis erhielt, und ich bereue es nicht, ihm diesen erteilt zu haben.«

Hierauf verließ Regine ihre Tochter und begab sich auf ihr Zimmer, aus welchem sie erst zur Speisestunde herabkam.

Weshalb sollte Billet, dessen Handlungsweise sie niemals gerügt hatte, einen Verweis nötig haben? Weshalb bereute sie es nicht, ihm diesen erteilt zu haben, da sie doch noch am selben Morgen nicht den geringsten Groll gegen ihn gehegt? Weshalb hatte sie den schönen Herrn von Ayères, den sie zuerst mit abweisender Zurückhaltung aufgenommen, mit freundschaftlichen Worten entlassen?

Weshalb fühlte sie, die gestern noch sich entsetzlich gelangweilt, sich in diesem Augenblick so angenehm mit köstlichen Träumen beschäftigt? Lauter Rätsel, die der Laune und der Phantasie entsprungen, und die nur von dem unberechenbaren, tändelnden Sinn einer Frau gelöst werden können.

Edmee, die dem alten Billet nachgerannt war, hatte ihn bei der Divonettebrücke eingeholt. Sie nötigte ihn zum Stillstehen und, ihre Mutter entschuldigend, suchte sie den unfreundlichen Diener zu begütigen. Aber daraufhin brach dieser erst recht los. Ach, er war nicht mehr Herr über sein Gebiet ... Damit war es zu Ende! Ein andrer durfte sein Wild erlegen, das er mit so viel Mühe und Sorgfalt gegen Diebe und das Raubzeug schützte. O, was für ein Unglück!

Er schwieg, stützte sich auf die Brüstung der kleinen Brücke und starrte düster vor sich hin; dann fuhr er mit einer heftigen Gebärde fort:»Schon recht, gnädiges Fräulein, von einem solchen Menschen ist nichts Gutes zu erwarten! ... Das ist einer von den Laffen, die viel schwatzen, den Frauen schön thun und ihnen die Köpfe verdrehen ...«

Edmee sah ihren Freund streng an.

»Du vergißt, daß es im Schlosse nur zwei Frauen gibt, meine Mutter und mich ... Und mich,« fügte sie hinzu, ohne sich eines Lächelns erwehren zu können, »mich kann man ja noch kaum zu ihnen rechnen! ...«

Der rauhe Mann betrachtete sie mit frommer Verehrung. Wie sie so dastand in ihrem hellen Kleide, das sich von dem dunklen Hintergründe des Gehölzes abhob, umschimmert von einem Sonnenstrahl, der ihre weiße Stirn unter dem schwarzen Haar erglänzen ließ, mit ihren frischen Lippen und den blauen, treuherzigen Augen, schien sie all den köstlichen Zauber der Jugend in sich zu verkörpern. Billet sah in ihr die Gottheit seiner Wälder und Fluren, deren Einsamkeit und Stille er über alles liebte. Fern von ihnen und seiner Herrin konnte ihm die Welt nichts bieten. Stumm neigte er das Haupt in der unbestimmten Herzensbesorgnis, daß der Fremde, der so plötzlich an einem einzigen Tage zu solch hohem Ansehen auf dem Schlosse gelangt war, auch noch der Gebieter des jungen Mädchens werden könne.

»Geh, tröste dich,« hob Edmee wieder an, »du wirst nicht so viel Verdruß haben, als du zu befürchten scheinst. Unser Nachbar wird mehr auf seinen Besitzungen jagen, als auf den unsern.«

»Daran wird er sehr wohl thun,« erwiderte der Hüter lakonisch, schob mit entschlossener Miene seine Flinte unter den Arm, schritt über die Brücke und verlor sich im Dickicht.

# Drittes Kapitel

Am nächsten Sonntag bei der Messe, während des Offertoriums, vernahm Frau von Croix-Mort mitten im andächtigen Schweigen der Kirche einen leichten, aristokratisch ruhigen Schritt, der hell auf dem Estrich ertönte. Unwillkürlich fühlte sie ihr Herz höher schlagen, die Ohren fingen ihr zu brausen an und die Buchstaben in ihrem Gebetbuche tanzten vor ihren Augen. Sie sagte sich: »Er ist's!« aber aufzublicken hätte sie nicht gewagt. Sie neigte den Kopf und suchte sich inbrünstiger in das Gebet zu versenken. Doch statt der frommen Betrachtungen waren es lauter weltliche Gedanken, die ihren Sinn gefangennahmen.

Ganz verwirrt, zwang sie sich, ihren unsicheren Blick auf den Abbé Levasseur zu richten, der in seinem violettseidenen, silbergestickten Meßgewande, mit seinem dicken, roten, über den gefalteten Kragen seines Chorhemdes hinausquellenden Hals sich nach rechts und links wendete, während er in seinem Meßbuche mit den buntfarbigen Lesezeichen blätterte; aber gegen ihren Willen sah sie doch nur den schönen Ferdinand mit der vornehmen Haltung und dem goldblonden Barte vor sich. »Wie kommt es, daß er heute in der Kirche ist, es mag wohl zum erstenmal sein?« fragte sie sich, und eine innere Stimme flüsterte ihr zu: »Deinetwegen ist er hier, dich wollte er wiedersehen.«

Als Edmee sich nach dem Segen erhob und einen Blick umherwarf, bemerkte sie den Gutsnachbar, der mit verschränkten Armen neben der Kanzel stand und dem Gottesdienste mit großer Aufmerksamkeit folgte. Rings um ihn her schmetterten die Vorsänger aus vollem Halse den Chorgesang, in den sich die brummenden Töne der Baßhörner mischten; er aber schien sie nicht zu hören, sein Gesicht drückte ernste Sammlung aus. Edmee flüsterte ihrer Mutter, sie mit dem Ellbogen leise anstoßend, fast ohne die Lippen zu bewegen, zu: »Mama, Herr von Ayères ist da ...«

Die Gräfin machte ein ernstes Gesicht und antwortete nicht, als sei sie über die Leichtfertigkeit und Zerstreutheit ihrer Tochter höchlich entrüstet.

Jetzt sprach der Pfarrer mit gefalteten Händen: »*Ite, missa est* ...« und die Kirchenbesucher strebten alsbald mit freudiger Erleichterung unter dem schrillen Klang der auf den Steinfliesen umhergerückten Stühle dem Ausgange zu.

Frau von Croix-Mort gab ihrer Tochter einen Wink, und statt sich nach dem Portal zu wenden, schritt sie der Sakristei zu. Sie wollte ein Zusammentreffen mit dem schönen Ferdinand, der in ihrem Gemüte eine unbestimmte Furcht erregt hatte, vermeiden. Sie war unzufrieden mit sich; der junge Mann beschäftigte ihren Geist viel zu sehr. Die gepolsterte Thür wurde geöffnet und die beiden Frauen betraten ein kleines Gemach mit Nußbaumtäfelung, in welchem der Geistliche unter Zuhilfenahme des Küsters sich der Meßgewänder entledigte. Weihrauchdüfte, vermischt mit dem Geruch der ausgelöschten Wachskerzen, schwebten in der Luft und auf dem Tische breitete sich neben der Stola ein großes, karriertes Taschentuch aus.

»Ah! Sie sind es, meine verehrten Damen!« rief der Greis, seine Soutane hastig zuknöpfend. »Sie wurden gewiß von dem schlechten Wetter zurückgehalten?«

Er wies auf das hohe, breite Fenster der Sakristei, gegen welches ein heftiger Regen schlug, der den Staub wegspülte und in schmutziggrauen Rinnen niederrieselte.

»Nehmen Sie Platz, Frau Gräfin, und auch Sie, liebe Edmee ...« Damit bot der Alte seinen Pfarrkindern Strohstühle zum Sitze an.

»Ich wollte Sie nur daran erinnern, daß wir heute abend bestimmt auf Sie zählen. Herr Pfarrer ...«

»Aber, verehrte Frau, gewiß, wie jeden Sonntag.«

Frau von Croix-Mort errötete über ihren ungeschickten Vorwand. Der Geistliche machte erstaunte Augen. Es trat eine Pause ein. Vom Winde gejagt, prallten die schweren Tropfen von den Scheiben ab, zerstoben in seine Wasserperlen und ihr eintöniges Plätschern versetzte den Priester und die beiden Damen in eine Art schläfriger Müdigkeit.

Edmee erhob sich, und während sie in der Sakristei umherging, fragte sie: »Wie geht es Ihrem Vater, Herr Pfarrer? Ich habe ihn schon sehr lange nicht gesehen ...«

»Ah, mein liebes Kind, er kann sich jetzt gar nicht mehr von seinem Lager erheben, der arme Mann! ... Seine Füße tragen ihn nicht mehr ... Bedenken Sie doch! ... Sechsundachtzig Jahre! ... Aber sein Kopf ist noch klar ... Er spricht oft von Ihnen ... Und dabei malt er noch immer ... Ach, mein Gott, es ist wohl ein wenig unsicher und die Farben fließen zuweilen ineinander ... Doch das hat nichts zu sagen, es beschäftigt ihn und er fühlt sich davon befriedigt ... Er pflegt mir zu sagen: ›Siehst du, ich kann mich noch nützlich machen!‹«

»Ich muß ihn nächstens besuchen und ihm meine kleinen Arbeiten bringen ...«

»Damit werden Sie ihm gewiß eine große Freude machen ...«

Das Aufgehen der Thür schnitt dem Geistlichen das Wort ab und zur nicht geringen Erregung der Gräfin trat Herr von Ayères in die Sakristei. Er grüßte mit dem ihm eignen liebenswürdigen Lächeln, reichte dem Greise mit freundschaftlicher Vertraulichkeit die Hand und sagte: »Entschuldigen Sie, Herr Pfarrer, wenn ich Sie in Ihrer Ruhe störe; aber ich bin seit einigen Minuten bemüht, die Damen zu suchen ... Es ist unmöglich, daß sie bei diesem Wolkenbruch zu Fuß heimkehren; ich möchte ihnen meinen Wagen zur Verfügung stellen.«

Der Abbé ließ der Gräfin nicht Zeit zu antworten, er blickte freudig erregt den Besucher an: »Ich bin glücklich, Sie zu sehen, mein lieber Sohn, Sie haben mich seit einiger Zeit nicht gerade verwöhnt ...«

»Sie wissen, daß ich fast immer in Paris lebe; doch jetzt will ich, wenn Sie es erlauben, bei Ihnen bleiben, indes die Damen ins Schloß zurückkehren ... Der Wagen wird wiederkommen, um mich abzuholen.«

Frau von Croix-Mort schien durch eine etwas verlegene Gebärde Widerspruch erheben zu wollen, der Baron aber fuhr rasch fort: »O, ich bitte Sie darum, Frau Gräfin. Nachdem Sie mich gestern mit Ihrem Wohlwollen überhäuften, wäre es grausam, mir heute diese kleine Genugthuung nicht gönnen zu wollen.«

Die Gräfin zögerte nicht länger, sie murmelte einige Dankesworte, neigte das Haupt zu einem kühlen Abschiedsgruß, entfernte sich mit ihrer Tochter und durchschritt, von dem Geistlichen begleitet, das Seitenschiff der Kirche. Beim Ausgange angelangt, hielt sie einen Augenblick still und fragte, ohne ihren alten Freund anzublicken:»Kennen Sie Herrn von Ayères schon lange?«

»Seit seiner Geburt ... Seine Großmutter, Frau von Fréteval, brachte mich hierher ... Er ist ein liebenswürdiger Mensch, der das Unglück gehabt hat, seine Eltern frühzeitig zu verlieren ... Mit fünfundzwanzig Jahren war er Herr eines sehr schönen Vermögens ... nun und dann ... Sie begreifen wohl ... wurde er eben etwas rasch damit fertig ...«

»Wie alt ist er?«

»Er wird so ... warten Sie ... so beiläufig nahe an vierzig sein.«

»Ah, wirklich? ... Das hätte ich nicht gedacht ... Er sieht sehr jung aus ...«

»Sie wissen, verehrte Frau, die Blonden bewahren sich im allgemeinen lange ein jugendliches Aussehen. Aber er ist wohl noch nicht vierzig Jahre, vielleicht kaum neununddreißig ... Ich werde Ihnen dies übrigens ganz genau sagen können, wenn ich das Taufregister nachschlage ... denn er wurde hier getauft,«

»O, das ist unnötig,« fiel Frau von Croix-Mort lebhaft ein.

Vor dem Thore hielt der Wagen. Unbeweglich, in tadelloser Haltung wartete der Kutscher, ohne den Kopf zu wenden. Der Pfarrer warf die Wagenthür ins Schloß und eilte, ohne zu warten, bis der Wagen sich in Bewegung setzte, zu dem schönen Ferdinand zurück. Dieser wartete in aller Ruhe, indem er die Heiratsverkündigungen auf einer an der Wand angebrachten vergitterten Tafel las.

»Nun denn, mein liebes Kind, wann werden wir Ihren Namen dort eingeschrieben sehen?« fragte scherzend der Alte.

»Aber, Herr Pfarrer,« erwiderte Ferdinand, »man kann sich doch nicht so ganz ohne weiteres verheiraten ... Zu allererst muß man eine passende Frau finden ... Kennen Sie etwa eine? Aus Ihrer Hand würde ich sie mit verschlossenen Augen nehmen ...«

Der Abbé schüttelte ernsthaft das Haupt und blickte Herrn von Ayères tief ins Auge.

»Würde man nicht eine sehr große Verantwortlichkeit übernehmen, wenn man Sie verheiraten wollte? Sie waren ein wilder, leichtsinniger Junge und ich möchte es keineswegs beschwören, daß Sie sich gebessert haben.«

Der Baron fing zu lachen an.

»Vielleicht blieb Ihrem Eifer eine solch löbliche Bekehrung vorbehalten.«

»Bah, das hieße in der Wüste predigen ...«

»Versuchen Sie es dennoch! Sagte der Herr nicht: ›Es wird mehr Freude im Himmel sein über einen Sünder, der Buße thut, denn über neunundneunzig Gerechte?‹«

»Lassen Sie hören, beichten Sie erst ein wenig. Weshalb sind Sie zu uns zurückgekehrt?«

»Um zu sparen.«

»Haben Sie die Absicht, auf dem Schlosse zu bleiben?«

»Den Winter über ...«

»Du lieber Gott, womit bringen Sie Ihre Zeit zu?«

»Mit Jagen, Rauchen und, wenn Sie erlauben, will ich mit Ihnen Betrachtungen über das ewige Leben anstellen ... Sie sehen, daß ich auf gutem Wege bin ... Vielleicht werde ich mit den Damen von Croix-Mort nachbarlich verkehren, wenn sie sich dazu herbeilassen wollen, was mir nicht so ganz sicher dünkt, denn sie scheinen im höchsten Grade ungesellig zu sein.«

»Die Damen sind vor allen Dingen zu jung, um Sie empfangen zu dürfen, ohne daß ihr Ruf darunter leiden würde.«

»In dieser Wildnis? Wer sollte sie hier um ihn bringen? Uebrigens wie alt ist denn die Gräfin?«

»Achtunddreißig Jahre, vielleicht etwas jünger ...«

So schlicht und harmlos der Priester auch war, so fiel es ihm doch auf, daß Frau von Croix-Mort und Herr von Ayères die nämliche Frage an ihn richteten.

»Es ist doch sonderbar,« dachte er, »daß beide ihr gegenseitiges Alter zu erfahren wünschen.« Hätte er in ihren Herzen zu lesen vermocht, wäre er noch viel erstaunter gewesen. In seinem eignen Geiste begann bereits ein Gedanke zu keimen, ein urplötzlich aufgetauchter, allerdings wunderlicher, aber wie ihm schien, doch nicht unausführbarer, der Gedanke an eine Heirat zwischen Ferdinand von Ayères und Edmee von Croix-Mort.

Und nun grübelte er über diesen Plan eifrig weiter: »Das junge Mädchen ist sechzehn Jahre alt, aber, in der freien Luft und in dem thätigen Landleben erzogen, ist sie bereits so kräftig, als wäre sie zwanzig Jahre. Der junge Mann ... ja freilich ... Der junge Mann ist schon etwas reif ... Vierzig Jahre ... Aber schließlich, ist er denn schon vierzig Jahre alt? Nehmen wir achtunddreißig an, das ist gleich etwas andres. Vierzig klingt eben nicht gut für einen Bräutigam ... Dabei ist sein Aussehen so jugendlich, seine Gemütsart so heiter, daß man ihn ganz gut für einen Dreißiger halten könnte. Ein guter Name, gute Familie ... In der ganzen Gegend ließe sich nichts Bessres finden ... Und die Gräfin scheint noch gar nicht geneigt, nach Paris zurückzukehren ... Was dann ...«

So weit war der wackere Mann gekommen, als er durch die Stimme desjenigen, über dessen Geschick er so leichthin verfügte, in seinen stillen Betrachtungen gestört wurde.

»Herr Pfarrer, mein Wagen wird wohl schon zurückgekehrt sein ... ich will mich nun von Ihnen verabschieden ... Es ist halb eins. Sie sind noch nüchtern und ich fürchte, daß Ihr Frühstück durch mich verzögert worden...«

»Wenn meine Hausmannskost Sie nicht abschreckt, würde ich mit Vergnügen auch für Sie ein Gedeck auflegen lassen,« sagte der Alte.

»Danke herzlichst ... Sie werden, wie ich hoffe, nächstens mein Gast sein ... Bitte, bleiben Sie doch, ich will nicht, daß Sie nochmals die Kirche durchschreiten, um mich zu begleiten ... Auf Wiedersehen!«

Er verabschiedete sich von dem trefflichen Manne mit einem Händedruck und eilte, um den Alten an der Begleitung zu verhindern, mit raschen Schritten hinweg.

Als ob der Baron von Ayères in diesem Falle auch nur im entferntesten an eine Heirat gedacht hätte! Edmee mit ihren langen Armen, ihrer mageren Gestalt und den verschwommenen Gesichtszügen eines Mädchens, das sich noch in voller Entwickelung befindet, hatte er nur leidlich hübsch gefunden. Desto besser aber hatte ihm die Gräfin gefallen. Nachdem er durch Thorheiten aller Art in eine höchst bedrängte Lage geraten war, da er an den Pferden verlor, was ihm die Weiber gelassen, hatte er sich, dem Rate seines Verwalters folgend, entschlossen, ein oder zwei Jahre auf dem Lande zu leben, um der Mühle neues Wasser zuzuführen. In Paris war er so verrufen, wie es nur ein Mann sein kann, der fünfzehn Jahre hindurch mit allen bekannten Damen Prosceniumslogen besucht und an allen Klubtischen Quinze oder Baccarat gespielt hatte. Um derart herabzukommen, wie er es jetzt war, hatte er achtzigtausend Frank Renten verzehrt, und fühlte sich dadurch weit mehr erschöpft, als wenn er sie durch ehrliche Arbeit erworben hätte.

Sein Verwalter, ein geschäftskundiger Mann, der – seltene Schickung der Vorsehung – zugleich ein ehrlicher Mann war, hatte sich anheischig gemacht, ihm aus den Trümmern seines Vermögens ein ansehnliches Kapital wieder herzustellen, doch nur unter der ausdrücklichen Bedingung, daß er fern von Paris in Zurückgezogenheit lebe, um seinen Gläubigern die Hoffnung zu benehmen, ihn am Morgen nach einer Schwelgerei mit jenem dringenden Geldbedürfnisse herbeieilen zu sehen, welches einer Hundertfranknote den Wert von fünfundzwanzig Louisdor verleiht.

So hatte er sich, wenn auch keineswegs leichten Herzens, in die Abreise gefügt. Dem stillen Landleben vermochte er jedoch keinerlei Geschmack abzugewinnen und die Einsamkeit flößte ihm Schrecken ein. Das Schloß, welches seine Großmutter, Frau von Fréteval, bis zu ihrem Tode bewohnt hatte, befand sich glücklicherweise in noch gut erhaltenem Zustande, und nachdem Teppiche gelegt und Vorhänge angebracht waren, ließ sich die Behausung nicht ganz ungemütlich an.

Seit sechs Wochen lebte er hier zwischen seiner Dienerschaft, seinen Hunden und seinen Pferden, fand an einem weniger Gefallen als am andern, und sann, wenn auch nicht, wie er dem Pfarrer sagte, über das ewige Leben, so doch über das Menschenleben, und die Wandelbarkeit seiner Geschicke nach.

Bei solcher Stimmung mußte ihm das Erscheinen der Frau von Croix-Mort in der ihn umgebenden Einöde ungemein reizvoll dünken. Ein lebendes Wesen, ein weibliches Wesen war in den Augen dieses Verstoßenen, der sich zur Verlassenheit, zur Einsamkeit verdammt sah, ein Ersatz, den ihm sein widriges Geschick zugestand.

Dieser Schiffbrüchige, der sich voll Verzweiflung auf seiner Insel vergrub und weder von den Menschen noch von Gott Hilfe erwartete, geriet vor Freude außer sich, als er der schönen Gräfin ansichtig wurde. Eine achtunddreißigjährige vornehme Witwe, sehr gut erhalten, hübsch, von etwas geziertem Benehmen, erschien ihm in dem einsamen Provinzwinkel als eine unerhoffte Rettung. Welche Zerstreuung für diesen Blasierten, der, gewohnt, alle seine Nächte im Klub zuzubringen, jetzt über dem Lesen neuer Romane einschlummerte und schon um neun Uhr abends zu gähnen anfing!

In seiner glückseligen Geckenhaftigkeit dachte er keinen Augenblick, daß die Schöne ihm widerstehen könnte. Er hatte keine Mitbewerber; die Festung, die er zu erobern im Begriffe stand, würde mithin von keiner Seite Unterstützung erhalten, wodurch ihre Einnahme, der Belagerungstheorie gemäß, von vornherein gesichert war. Es war bloß eine Frage der Zeit. Und diese Zeit gedachte er durch einen kleinen Liebeskrieg mit all seinen Finten, Hinterhalten und Überraschungen aufs beste auszufüllen.

Das Jahr seines Einsiedlerlebens konnte ihm auf diese Weise sehr angenehm verstreichen und das Ende der Liebeständelei würde mit dem Ende seiner Verbannung zusammenfallen. Dann wollte er seiner Provinzlerin lebewohl sagen und nach Paris zurückkehren, um dort eine reiche Heirat einzugehen, die ihm wieder auf die Beine helfen sollte. Dies war der Plan, den der schöne Ferdinand in seinem Geiste ausgebrütet hatte, und wenn derselbe auch nicht durch vollendete Bescheidenheit glänzte, so zeigte er doch, wie sein ihn sein Verfasser ausgedacht. Übrigens werden ähnliche Pläne so häufig von Erfolg gekrönt, daß es vielleicht von seiten des Barons kein allzu großer Dünkel war, wenn auch er ihn voll kühnen Mutes in Scene zu setzen willens war.

Inzwischen war das Gehirn der Gräfin ihrerseits ebenso lebhaft thätig, wie das des Barons, wenn auch in völlig entgegengesetztem Sinne. Bei ihr handelte es sich weder um eine Heirat noch um einen

Liebeshandel. Die verführerische Haltung des schönen Ferdinand hatte gleich bei der ersten Begegnung eine gewisse Unruhe in ihr hervorgerufen. Die empfindsame, nervöse, romantische Dame war eine durchaus ehrenhafte Frau. Irgend ein gutmütiger, graubärtiger, würdiger Edelmann als Nachbar würde sie gewiß nicht erschreckt haben und sie hatte einem solchen gern ihr Haus geöffnet.

Dieser hübsche junge Mann aber mit dem roten Nacken, den blauen Augen, dem goldblonden Bart, der einschmeichelnden Redeweise, dünkte ihr nicht ein Gast zu sein, dem man vernünftigerweise einen ständigen Platz an seinem Kamin einräumen durfte. Frau von Croix-Mort, welche für die Bäume ihres Parkes und die Spiegel ihrer Salons Toilette machte, war fest entschlossen, diesen willig ergebenen Bewunderer fernzuhalten. Sie rechnete es sich zum Verdienste an, daß sie ihr Benehmen so weise einzurichten gedachte; doch muß man hinzusetzen, daß sie ein starkes, echtes Tugendgefühl besaß, welches ihr die Freiheit, anders zu handeln, nicht ließ.

Wäre der schöne Ferdinand ein Heißsporn gewesen, der ungestüm den Sieg erstrebt hätte, so würde er von Beginn an den Erfolg seines Vorhabens ernstlich haben gefährden können. Er wäre an dem Bollwerk gescheitert, welches die von ihm nicht vermutete Verteidigung um sich her aufgerichtet hatte. Er war aber nichts weniger als ungestüm; zudem sah er mindestens ein Jahr vor sich, um Amors Königreich zu durchstreifen, auch wünschte er keineswegs, an den verschiedenen interessanten Punkten vorbeizujagen, da er nicht sicher war, ob er am Ziel selbst längere Zeit mit Vergnügen verweilen würde. Es war somit geratener, die Wegdauer zu verlängern.

Er hütete sich daher wohlweislich, seinen Besuch in Croix-Mort zu wiederholen. Seine berechnete Zurückhaltung bewirkte, daß die Gräfin zuerst die vier Wandlungen vom Erstaunen zum Bedauern, vom Widerwillen zum Verlangen abwechselnd durchmachte und sodann schließlich Vertrauen zu ihm faßte. Es verlohnte wahrlich nicht der Mühe, sich so sorgfältig vor einem Feinde zu verschanzen, der an einen Angriff gar nicht zu denken schien. Wozu Fenster und Thüren schließen? Es war ja kein Einbruch zu befürchten, man durfte sie mithin ruhig offen lassen.

Nach Verlauf von vier Tagen begann Regine zu denken, Herr von Ayères sei gerade kein Muster von Höflichkeit Man hatte ihm eine Gunst erwiesen, die er in geeigneter Weise erwidert hatte, und dabei sollte es nun wohl bleiben, weil er zweifelsohne sich nicht weiter verpflichtet fühlte. Als ob ein Mann einer Frau gegenüber nicht stets ein Schuldner bliebe!

Unter diesen Erregungen trübte sich die Stimmung der Gräfin sehr merklich und Edmee war die erste, welche darunter zu leiden hatte. Als sie eines Tages mit Farbenklecksen auf den Manschetten im Salon erschien, erhielt sie arge Schelte, als hätte sie sich ein großes Verbrechen zu schulden kommen lassen. Sie war gerade mit voller Lust bei der Arbeit, indem sie die letzte Hand an zwei Studien legte, welche sie dem alten Glasmaler, ihrem ehemaligen Lehrer, siegesbewußt zu zeigen gedachte.

»Wenn dein Malen nur irgend einen Sinn hätte,« grollte die Gräfin; »aber du beschmierst die Leinwand ebenso zwecklos wie deine Kleidung ...«

»Willst du sehen, was ich male?« fragte das junge Mädchen schelmisch.

Damit lief sie schnurstracks nach ihrem Atelier und brachte ihrer Mutter eine kleine Holzplatte, die ein Stück Heideland mit blühenden Gräsern und Birkenbäumen darstellte. Zwei Personen, die recht geschickt gruppiert wären, belebten die Landschaft. Sie schienen miteinander uneinig zu sein; der eine, mit der blauen Bluse, den großen Gamaschen und der runden Kappe konnte nur Billet sein, der andre mit prächtigem blondem Bart, in elegantem, englischem Anzüge, glich ganz merkwürdig dem Baron, der seit einer Woche die Gedanken der Gräfin so sehr in Anspruch nahm. Ein Vogel, der zwischen beiden am Boden lag, schien die Ursache ihres lebhaften Wortwechsels zu sein.

Frau von Croix-Mort warf einen Blick auf das Bild und errötete. Ihre Augenbrauen zusammenziehend, musterte sie prüfend ihre Tochter, von der sie irgend eine Anspielung befürchten zu müssen glaubte.

»Was soll dieses Geschmier bedeuten?« fragte sie mit bebender Stimme.

Edmee sah heiter lächelnd zu ihrer Mutter auf und erwiderte unbefangen, wie jemand, der nichts Böses ahnt: »Es ist Billet, der Herrn von Ayères mit der Klage bedroht! ...«

»Verschone mich mit deinen dummen Allegorien und lächerlichen Illustrationen,« rief die Gräfin, »und vor allem, lasse dir ja nicht einfallen, dies hier irgend jemand zu zeigen...«

Das junge Mädchen war von dieser heftigen Zurückweisung völlig verblüfft und konnte gar nicht begreifen, daß sie eine so schwere Missethat verübt haben sollte. Von diesem Auftritt blieb in ihrem Herzen eine Voreingenommenheit gegen den schönen Ferdinand zurück.

Überdies hatte er ihr gleich beim ersten Anblick mißfallen. Weshalb? Das wußte sie selbst nicht. Es war eine blinde, instinktive Abneigung. Billet, der mürrische, treue Diener, hatte ebenfalls gleich einem Wächterhunde, der einen Übelgesinnten wittert, die Zähne gewiesen und gebrummt. Die Ziererereien des Schönthuers hatten auf das schlichte Naturkind einen völlig andern Eindruck gemacht, als sie zumeist auf Mädchen zu wirken pflegen, die eine mehr weltliche Erziehung genossen haben. Edmee fand ihn, der sich unwiderstehlich glaubte, affektiert und sogar ein wenig lächerlich. Der durchdringende Ton seiner Stimme erschien ihr gellend; sein schön frisiertes Haar, sein herrlich gepflegter Bart dünkten ihr zu sehr herausgeputzt, zu sehr geschniegelt, zu sehr »Ziergarten«. Billets struppiger Bart, das breite Lachen in seinem strahlenden Gesicht, wenn er seiner geliebten Herrin ansichtig wurde, gefielen ihr weit besser.

Nachmittags ging sie nach dem Pfarrhause und erzählte dem Abbé ihr Erlebnis vom Morgen. Er lachte darüber, fragte, ob der Baron schon zu einem zweiten Besuche auf Croix-Mort erschienen sei, und war über Edmees verneinende Antwort sehr erstaunt. Er meinte: »Ei, das ist doch höchst sonderbar; er sagte mir doch, daß er kommen würde.«

Irgend einen Verdruß ahnend, im Grunde auch neugierig wie ein altes Mädchen, eilte er noch am selben Abend zu Fuß aufs Schloß. Er fand die Gräfin in erregter Stimmung, zum Sprechen aufgelegt. Sie ließ ihm zuerst einen sehr freundlichen Empfang zu teil werden, wie jemand, der sich langweilt und froh ist, für einige Zeit dem eignen Selbst entzogen zu werden, dann fing sie an, mit ihm über Kleinigkeiten zu streiten.

Im ganzen schlich das Gespräch, solange nur von gut und schlecht Wetter die Rede war, ziemlich träge hin, geriet aber alsbald in einen außerordentlich lebhaften Fluß, als der gute Pfarrer den Namen des Herrn von Ayères ausgesprochen.

»Es hat mich neulich sehr in Verlegenheit gebracht,« äußerte sich die Gräfin, »daß er mir seinen Wagen so beharrlich aufdrängte ... Ich wollte ihn nicht annehmen, da ich das Anerbieten etwas zu vertraut fand, allein ich konnte es doch nicht zurückweisen, ohne mir den Vorwurf allzu großer Förmlichkeit zuzuziehen. Ich hoffe, daß Ihr Freund mir nicht einen Dienst erwiesen zu haben wähnt, der ihn berechtigt, sich für einen rettenden Engel zu halten.« »Sie sollten einfach der Unannehmlichkeit entgehen, nasse Füße zu bekommen, das war alles, was er wünschte, Als Sie sich entfernt hatten, sprach er von ganz andern Dingen mit mir. Ich muß gestehen, daß er mich durch seinen Ernst sehr in Erstaunen setzte, nachdem ich ihn früher als etwas leichtsinnig und unüberlegt gekannt ..«

»Sagen wir es gerade heraus: als schlimmen Lebemann ...«

»Ich will meinen Nächsten nicht verlästern ... aber er hatte in der That mehr leichtsinnige als ernsthafte Gedanken im Kopfe ... Jetzt ist er ein ganz solider Mensch .. scheint mir auch nicht abgeneigt, an eine Heirat zu denken ...«

»Und um diesen schönen Vorsatz zu verwirklichen, kam er in diese Gegend? ... Wen sollte er hier heiraten? Irgend eine Bauerndirne der Umgegend?«

»Ich glaube, Frau Gräfin,« erwiderte der Pfarrer mit scheinheiliger Miene, »daß er gerade nicht sehr weit zu gehen brauchte, um ...«

Frau von Croix-Mort ließ den guten Mann nicht zu Ende kommen, sie erhob sich rasch und versetzte mit strengem Blick: »Kein Wort weiter, bester Herr Pfarrer, Sie würden mich ernstlich böse machen. Kommen wir auf diesen Gegenstand nicht wieder zurück ...«

Im selben Augenblick trat Edmee ins Zimmer. Der Abbé dachte, die Gräfin wolle das Gemüt des jungen Mädchens nicht beunruhigen, indem sie in ihrer Anwesenheit vom Heiraten sprach, und da sie ihre Tochter noch zu jung finde, halte sie alle Anträge für verfrüht. Keinen Augenblick jedoch ahnte er, daß Frau von Croix-Mort auf sich selbst bezog, was ihrer Tochter gegolten hatte.

Es war dies ein Mißverständnis, welches unheilvolle Folgen nach sich ziehen sollte. Hätte der würdige Priester nur noch drei Worte hinzuzufügen vermocht, so würde Regine dem Baron fortan, wenn auch nicht mit Widerwillen, so doch mit Gleichgültigkeit entgegengetreten sein. Sie würde ihren Entschluß, ihn von ihrem Hause fernzuhalten, aufrecht gehalten haben und hätte damit das Verhängnis abgewandt. Während einer Viertelsekunde blieb das Geschick dieser drei Wesen in der Schwebe, um sich sodann zu gunsten eines koketten Spieles zu entscheiden.

Frau von Croix-Mort fühlte sich nach dieser Unterredung vollkommen beruhigt. Sie stellte sich den schönen Ferdinand nicht mehr als einen beutegierigen Wolf vor, sondern hielt ihn jetzt für ganz sanftmütig. Allerdings verlor er dabei ein Körnchen Poesie, aber er gewann die Möglichkeit, das Haus besuchen zu dürfen. Einen kühnen Galan mit unternehmenden Absichten im Schach zu halten, war etwas schwierig, allein ein stiller Anbeter mit redlichen Absichten mußte leicht zu zügeln sein.

Der Gräfin eröffnete sich die köstliche Aussicht auf eine zarte Liebeständelei, einen kleinen Krieg, den sie nach Laune und Belieben zu führen sich gar wohl die Kraft beimaß. Die Träumereien, in denen sie sich seit zwölf Jahren gefiel, sollten nun endlich Gestalt und Leben erhalten. In der Vereinsamung ihrer Witwenjahre hatte sie sich ihr ganzes Leben im Geiste nochmals neu geschaffen. Wie ein gefangener General, der seine müßige Zeit mit dem Ersinnen von Schlachtplänen ausfüllt, hatte sie herausgefunden, was in diesem oder jenem Falle ihres Ehelebens hatte gethan werden sollen. Mit den Grundsätzen, welche sie sich jetzt für jede Lage gebildet hatte, mußte sie bei einem Rückblick in ihre Vergangenheit manche höchst bedenkliche taktische Fehler entdecken.

Wie oft, wenn sie voll Bitterkeit des Kummers gedachte, mit dem Herr von Croix-Mort ihr Leben getrübt hatte, pflegte sie sich zu sagen: »Ach, wenn es sich von neuem anfangen ließe, wie ganz anders wüßte ich jetzt vorzugehen! Hätte ich ihm mutig die Stirn geboten und mich energisch, statt resigniert, kokett, statt traurig gezeigt, so würde ich mir seine Neigung haben erhalten können und mein ganzes Dasein hätte sich anders gestaltet.« Auf diese Weise hatte sie sich in ihrem Innern für ihre Vergangenheit entschädigt und glänzende Siege über den Verstorbenen errungen. Heute fühlte sie sich durch das, was sie ihre Erfahrung nannte, gereift und fürchtete den Kampf nicht mehr. Vielleicht mochte sie ihn sogar herbeiwünschen.

Am Tage nach dem Besuche des Geistlichen unternahm die Gräfin bei herrlichem Herbstwetter eine Kahnfahrt auf dem Flusse. Edmee, welche seit ihrer Kindheit die Ruder zu führen gewohnt war, lenkte das kleine Boot mit großer Gewandtheit. Regine, die rückwärts am Steuer saß, ergötzte sich an dem Duft des schattigen Mauerwerkes, das sich, einer Laube gleich, über das rasch dahineilende Wasser wölbte, aber ihre Augen sahen sich an dem Flimmern und Blinken der sich kräuselnden Wellen allmählich müde, indes das leise Schaukeln des Nachens sie in eine köstliche Betäubung wiegte.

Der dunkle Schatten, den die Wölbung der Steinbrücke, welche beide Ufer miteinander verband, auf die Divonette warf, ließ die im Sonnenschein glitzernde Flut, die sich wie ein silberglänzendes Band zwischen den grünenden Gestaden hinzog, noch schimmernder erscheinen. Als Edmee sich der Brücke näherte, drehte sie sich um, und die Hände hohl geschlossen wie ein Sprachrohr an den Mund haltend, stieß sie mehrfache, langgezogene Rufe aus, welche alsbald von dem Echo einer mit dunklen Tannen gekrönten Felsenbucht zurückgegeben wurden. An dieser Stelle trat der Fluß in die freie Ebene hinaus und bildete hier eine Strecke weit die natürliche Grenzlinie des Parkes. Der Strömung folgend, glitt jetzt das Boot an graubraunen Ackerkulturen und Ginstergesträuchen entlang, aus denen sich das heisere Glucksen der Fasanen vernehmen ließ.

Edmee vereinigte ihre ganze Stimmkraft zu einem letzten Schrei, setzte sich hierauf wieder im Kahne zurecht und nahm die Ruder zur Hand. Im selben Augenblicke tönte der Ruf aus der Ferne wider, doch nicht aus dem geheimnisvollen Munde des Echos, sondern von menschlichen Lippen wiederholt. Die Gräfin blickte auf und gewahrte den schönen Ferdinand, der aus dem Waldesdickicht heraustrat. Als der Baron Frau von Croix-Mort erkannte, machte er eine Gebärde des Erstaunens, eilte mit beschleunigtem Schritte quer durch Stechginster und Schwertlilien herbei und stieg bis zum Strande der Divonette nieder.

»Entschuldigen Sie, Frau Gräfin,« sagte er mit dem Hute in der Hand, »wenn ich eine Unhöflichkeit beging, indem ich die Rufe beantwortete, welche ich in der Ferne vernahm ... Ich glaubte, es wäre irgend ein kleiner Hirtenjunge, der zu seiner Unterhaltung in die Luft hinausschrie ... Ich bin soeben auf dem Wege nach Croix-Mort, wohin ich mich heute zu Fuß durch den Wald begeben wollte ...«

»Indes war es meine Tochter, welche die hübsche Stimme eines Hirtenjungen hat,« entgegnete lachend die Gräfin. »Da Sie die Absicht haben, uns zu besuchen, so wollen wir Sie nicht den Umweg durch den Park machen lassen ... Edmee, rudere den Kahn ans Ufer, um zu landen ... Sie haben uns am Sonntag Ihren Wagen geliehen, heute wollen mir Ihnen unser Fahrzeug anbieten.«

»Jedenfalls ist das Wetter heute unvergleichlich angenehmer,« erwiderte Herr von Ayères, nach dem blauen Himmel weisend ...

Mit einem Satze war er in dem Boot, das, von Edmee gelenkt, mit seinem Bug das Röhricht des Flusses niederbeugte, und fragte, indem er sich auf einer der Bänke niederließ: »Wollen Sie mir gestatten, mich nützlich zu machen und Sie beim Rudern zu unterstützen? ...«

»Können Sie überhaupt rudern?« gab die Gräfin fragend zurück ... »Werden Sie uns nicht in Gefahr bringen, umzukippen? ...«

»O,« meinte Edmee ironisch, »das könnte man nicht, auch wenn man es wollte... Es ist ein Flachboot, das nur etwas schwer zu lenken ist und die Arme ermüdet...«

»Dennoch, mein Fräulein, traue ich mir Kraft genug zu, es zu führen.«

Hierauf ergriff er die Ruder, welche er alsbald mit einer Sicherheit und Gewandtheit handhabe, die gründliche und längere Übung bekundeten. Das Boot schwamm mit großer Geschwindigkeit dahin, und Regine, die am Steuer geblieben war, betrachtete mit Wohlgefallen den schönen Schiffer mit dem goldblonden Bart und der lebensfrohen Miene, der sie wie im Fluge zu entführen schien. Es war ihr, als sei ihr bis jetzt trübes, düsteres Dasein in einem Augenblick heiter und lachend geworden. Eine ungekannte Wonne schwellte ihr die Brust, Lieder traten ihr halb unbewußt auf die Lippen und trunken von der klaren, milden Luft, dem sanften Wiegen des Kahnes hatte sie ewig so weiterzugleiten gewünscht.

Jetzt fuhren sie bei einer Wendung des Flusses in den großen Teich ein, der sich inmitten eines weiten Rasenplatzes vor dem Schlosse ausdehnte. Schwäne ruderten an das Boot heran, streckten den langen Hals vor und öffneten den Schnabel, um das gewohnte Stückchen Brot in Empfang zu nehmen. Hier befand sich der Ankerplatz, der Baron legte an, ohne daß man die mindeste Erschütterung gefühlt hätte, sprang hinaus und bot der Gräfin und ihrer Tochter die Hand zum Aussteigen. Zum erstenmal fühlte Regine ihre Hand in der Ferdinands. Der junge Mann drückte sie leicht und hielt sie eine Sekunde länger als nötig fest. Die Gräfin entzog ihm dieselbe mit hochmütiger Kälte, ohne zu ahnen, daß dieser sanfte Druck die Kette zusammengeschmiedet hatte, die sie zu Tode drücken sollte.

Schweigend durchschritten sie die Anlagen, und vor der Freitreppe angelangt, fragte Regine: »Wünschen Sie einzutreten? ... Ich glaube, wir würden uns auch hier im Freien wohl fühlen ...«

»Um so mehr, als mein Spaziergang und meine Ruderübung mir warm gemacht,« stimmte Herr von Ayères bei, »und es in den Gemächern des Schlosses recht kühl sein muß ...«

»Daran denke ich eben. Doch Sie werden Durst fühlen ... Edmee, sorge doch, daß wir Erfrischungen bekommen ...«

Sie nahmen auf Gartenstühlen aus Rohrgeflecht Platz und begannen, da beide sich etwas befangen fühlten, von alltäglichen Dingen zu plaudern. Er erzählte, daß er viel schlagbares Holz habe und sich in Verlegenheit befinde, da er vom Forstwesen durchaus nichts verstehe. Seit zwanzig Jahren war auf dem Gute kein Baum gefallt worden und nun war der Aushieb von dreißig Hektaren Hochwald, der zu verderben anfing, im Interesse der Besitzung notwendig geworden. Die Gräfin verstand jedoch gleichfalls nichts davon, obgleich sie häufig genug über alte und moderne Forstkultur sprechen hörte.

»Wenn Sie wünschen, werde ich mich an Billet um Auskunft wenden ...«

»An meinen persönlichen Feind?« unterbrach sie lachend der Baron.

Die Gräfin wurde ernst: »Ich will hoffen, daß Sie dies nicht in Wirklichkeit annehmen ... Alle meine Leute müssen unsern Freunden achtungsvoll begegnen ...«

»Wenn es genügt, Ihnen zugethan zu sein, gnädige Frau,« sagte Herr von Ayères mit einschmeichelnder Liebenswürdigkeit, »um von diesem Brummbären gern gesehen zu werden, so muß Meister Billet mich vergöttern ...«

Die Gräfin erwiderte nichts. Inzwischen kam Edmee mit einem Diener herbei, der ein Präsentierbrett trug. Ferdinand sah zu seiner Freude, wie Regine ihm mit ihren schönen Händen ein Glas Kirschensaft, mit Eiswasser gemischt, zubereitete. Er trank es bedächtig in langsamen Zügen, wie einen von einer schönen Zauberin dargereichten Liebestrank, plauderte noch eine Viertelstunde und entfernte sich sodann, eine zu Hause getroffene Verabredung vorschützend, während er in der That beabsichtigte, sein Besuch möge etwas zu kurz befunden werden.

Die schlau berechnete Zurückhaltung, mit welcher sich Herr von Ayères bei dieser Gelegenheit benahm, ließ ihn in den Augen der Frau von Croix-Mort als einen viel ernsteren Mann erscheinen, als wofür sie ihn bisher gehalten. Der lockere Vogel hatte sich einen so günstigen Anstrich zu geben verstanden, daß er ungescheut süß thun konnte. Er wurde in die Klasse jener angenehmen Personen eingereiht, deren Hingebung man sich durch einige Lieblingsgerichte ohne jede weitere Verbindlichkeit erhalten kann und die eine sehr angenehme Zierde des Salons bilden.

Die Gräfin hatte niemals Gelegenheit gehabt, derartige Meister der Verführungskunst kennen zu lernen, da sie sowohl bei Lebzeiten ihres Mannes, wie während ihres Witwenstandes stets in Zurückgezogenheit gelebt hatte. Sie war demnach nicht im stande, den Unterschied zwischen einem sanften, gutmütigen, girrenden Täube-

rich, für den sie Ferdinand hielt, und dem gefährlichen, raublusti-
gen Sperber, der er in Wirklichkeit war, zu erkennen. Aber selbst
wenn sie mehr Erfahrung und einen größeren Scharfblick besessen
hätte, so war der Schelm hingegen so wohl vermummt, daß sie
dessen Klauen nicht gewahrt haben würde. Um vor jeder Gefahr
geschützt zu sein, hätte sie ihm klugermaßen bloß ihre Thür zu
verschließen gebraucht; dazu aber hatte sie im Grunde gar keine
Lust. Sie war von der Sucht nach irgend einem außerordentlichen
Erlebnis ergriffen, empfand das lebhafte Verlangen, die trostlose
Apathie, die sich ihrer bemächtigt hatte, von sich zu schütteln, und
so ging sie selbst der Gefahr entgegen.

Herr von Ayères wiederholte nach einigen Tagen seinen Besuch
und legte ein so heiteres, gutmütiges, gefälliges Benehmen an den
Tag, daß er für den nächsten Sonntag mit dem Pfarrer zu Tisch gebeten wurde. Die Gräfin hatte lange überlegt, ehe sie sich zu dieser
Einladung entschloß, allein am Ende fand sie doch die gleichzeitige
Anwesenheit des Geistlichen hinreichend, um jeden Zweifel zu
beseitigen; auch war ja in dieser Weise die Schicklichkeit gewahrt.
Und zu all dem sagte sie sich, daß sie nicht mehr jung sei und daß
eine Frau »in ihrem Alter« sich wahrhaftig einige Freiheiten gestatten dürfe.

Sie genoß jetzt das berauschende Vergnügen, einen Mann ausschließlich mit ihrer Person beschäftigt zu sehen, der stets bestrebt
schien, ihre kleinen Launen zu befriedigen, ihren Wünschen zuvor-
zukommen. Sie fühlte sich ihm gegenüber nicht befangen, nicht
gedrückt, wie sie es bei Herrn von Croix-Mort gewesen, dessen
untadlige, kalte Höflichkeit sie stets in einer gewissen Entfernung
von ihm gehalten hatte. Zwischen dem unzugänglichen, stolzen
Edelmann und dem hingebenden, gemütlichen Ferdinand, der eine
aufrichtige Freundschaft für sie zu empfinden vorgab, lag eine weite Kluft, und eben in diesen von Blumen und Grün verdeckten Abgrund war Regine jetzt im Begriff zu stürzen.

# Viertes Kapitel

Mach Monatsfrist war der Baron zum intimen Hausfreund geworden und bestrebte sich jetzt eifrig, die Gunst sämtlicher Schloßbewohner zu erringen. Sein Behagen an einem ruhigen, gemächlichen Leben ließ ihn wünschen, daß jeder, von der Herrin angefangen bis zu dem letzten Diener herab, sich bemühe, ihm dieses zu verschaffen. Nur keine verdrießlichen Gesichter, keine feindselige Haltung in seiner Umgebung! Es gelang ihm indes nicht vollständig, diesen seinen Traum verwirklicht zu sehen. Er fand von seiten Edmees einen geheimer Widerstand und auch den alten Billet vermochte er von seiner Voreingenommenheit nicht abzubringen.

Fräulein von Croix-Mort, die das plötzliche Eintreten des Herrn von Ayères in das stille Schloßleben anfangs bespöttelt hatte, fing plötzlich an in Schwermut zu verfallen. Besonders mitteilsam war sie wohl nie gewesen, jetzt wurde sie völlig wortkarg. Wenn der Baron aufs Schloß kam, fühlte sich das junge Mädchen von einer tiefen Traurigkeit ergriffen und ihre dunkeln, von langen Wimpern beschatteten Augen schienen dann wie verschleiert. Wurde sie von ihrer Mutter abgehalten, sich aus dem Salon zu flüchten, so blieb sie still, mit einer Stickerei beschäftigt, in einer Ecke nahe beim Fenster sitzen und lieh dem Gespräche, das zwischen Ferdinand und der Gräfin geführt wurde, nur ein zerstreutes Ohr. Auf jede an sie gerichtete Frage gab sie ein einsilbiges Ja oder Nein zur Antwort, um dann wieder in ihr früheres Schweigen zu versinken.

Seit einigen Tagen weilte sie während der Stunden, welche die Gräfin gewöhnlich in ihren Gemächern eingeschlossen zubrachte, in dem kleinen Sprechzimmer, um dort zu malen. Frau von Croix-Mort, die eines Tages unvermutet eintrat, war überrascht, sie hier zu finden. Edmee erhob sich ruhig, ordnete ihre Malgerätschaften und verhüllte sorgsam die angefangene Arbeit. Dieses geheimnisvolle Gebaren reizte die Gräfin und sie entschloß sich, ihre Tochter zu fragen: »Was malst du denn hier?«

»Ein Miniaturbild in ein Medaillon,« erwiderte sie ausweichend.

»Ein Medaillon? Für wen?«

»Für mich.«

»Was willst du damit anfangen?«

»Ich will es tragen.«

»Ach, so zeige mir doch dieses Kunstwerk ...«

Edmee sah mit düsterm Blick zu ihrer Mutter auf, blieb, wie zögernd, eine Weile regungslos stehen, dann enthüllte sie in plötzlichem Entschluß eine kleine Elfenbeinplatte ... Die Gräfin beugte sich über dieselbe und wurde sehr bleich. Sie hatte die Züge des Grafen von Croix-Mort erkannt. Prüfend ruhte ihr Blick eine Weile auf dem Angesicht der Tochter, doch dieses blieb undurchdringlich. Regine schüttelte nachdenklich das Haupt, murmelte: »Es ist gut!« und entfernte sich hierauf in heftiger Erregung.

Was hatte dieses plötzliche Erwachen von kindlicher Zärtlichkeit für den verstorbenen Vater bei dem jungen Mädchen zu bedeuten? Lag darin ein Vorwurf für die Mutter? Sollten Edmee die Galanterien des Herrn von Ayères unangenehm berührt haben? Und doch war alles ja so unschuldig! Niemals hatte eine Koketterie einen weniger beunruhigenden Verlauf genommen. Ferdinand war in der That ein artiges Lämmchen, wie sie in sentimentalen Schäfergedichten zu finden sind, zierlich gekräuselt und bebändert, und es bedurfte nicht einmal eines goldenen Hirtenstabes, um ihn zu lenken, ein einfacher Fächer genügte. Dennoch fühlte sich Regine von dieser bedeutsamen Mahnung verstimmt und konnte sich eines bitteren Gefühles nicht erwehren.

In ihrem Innern erhoben sich Zweifel an der Lauterkeit ihres eignen Betragens. Ihr Verstand, der vom Hange zum Sentimentalen in eine falsche Richtung geraten war, fing an, Bedenken zu äußern. Dann gewann der Aerger über das Eingreifen ihrer Tochter in ihre kleinen Herzensangelegenheiten die Oberhand. Wie durfte die Kleine es wagen, sich da einzumischen? Ein Backfisch von fünfzehn Jahren erlaubte sich, die Augen zu öffnen und sogar Dinge zu sehen, die nicht vorhanden waren? Deshalb, weil ihre Mutter sich während zwölf Jahren auf dem Lande in einem gruftähnlichen Schlosse eingesperrt hatte, um das Vermögen wiederherzustellen, welches dieser ausgezeichnete Vater, dessen Bild die Tochter jetzt mit so viel kindlicher Verehrung malte, verschleudert hatte, sollte sie zu einer ewigen Einschließung verurteilt sein? Und wenn es ihr jetzt gefiele, eine zweite Ehe einzugehen – wie sie doch das Recht dazu hatte – was würde das wilde, egoistische Kind dann sagen?

Derlei Betrachtungen steigerten den Zorn der Gräfin, wenn sie allein war, doch in Wirklichkeit konnte sie nie ohne eine seltsame Beklommenheit dem klaren, festen Blicke dieser beiden großen Augen begegnen, die auf dem Grunde ihres Gewissens zu lesen schienen. Sie zog es daher vor, Edmee sich entfernen zu lassen, und da diese nichts Bessres wünschte, als augenblicklich, wenn der Baron kam, verschwinden zu dürfen, so war die Tochter, der Schutzengel, der die Gräfin hätte abhalten können, der Versuchung zu unterliegen, aus dem Wege geräumt. Ferdinand nahm ungehindert an Regines Seite Platz und alsbald entspann sich ein Gespräch, das stundenlang währte, ohne daß er oder sie es jemals zu lang gefunden hätte.

Die Gräfin ruhte halb liegend auf der Chaiselongue, indes ein Tischchen mit einer Vase blühender Rosen, einem Buche und einer Bonbonniere in ihrer Nähe stand. Der Baron saß auf einem kleinen, sehr niedrigen Fauteuil, fast zu Füßen der Frau von Croix-Mort. So verlebten sie im Salon in traulichem Beisammensein, umgeben von all den ihnen liebgewordenen Möbeln und Gerätschaften, köstliche Stunden, plauderten von der Vergangenheit und der Gegenwart, doch, wie in schweigendem Uebereinkommen, nie von der Zukunft, die so völlig außer acht gelassen wurde, als sollte sie niemals nahen.

Die Gräfin war nie im Leben so glücklich gewesen, als jetzt. Wie ehemals in ihren Träumen, wenn sie sich mit einem geheimnisvollen Anbeter unterhielt, kamen sie und Ferdinand, wie von einem unwiderstehlichen Hang hingerissen, immer wieder auf die Liebe zu sprechen. Während durch die offnen Fenster die Sonne flutete und liebliche Düfte von den Blumenbeeten hereindrangen, gab sich Regine voll Entzücken dem süßen Zauber dieser Unterhaltung hin, in welcher unter dem Vormunde des Allgemeinen alle ausgesprochenen Zärtlichkeiten sich bloß an ein imaginäres Wesen richteten, aber ebensogut ihr selbst gelten konnten.

Ferdinand war unübertrefflich in diesem sentimentalen Spiel, während dessen er sich der Fingerspitzen Regines bemächtigte, sie anfangs kaum berührte und sie nur wie in Gedanken zwischen den seinen hielt. Später faßte er die Hand selbst, welche er sanft drückte, indes er mit leiser Stimme von idealer Liebe weiterredete, um jeden Verdacht zu verscheuchen und jeden Widerstand einzulullen. Sodann schmiegte er seinen Mund auf das Handgelenk der schönen Gräfin, die in ihrer seligen Schwärmerei die beunruhigende Wirklichkeit dieser Schmeicheleien nicht zu bemerken schien, bis sie plötzlich den schönen Ferdinand zu ihren Füßen erblickte; sie erhob sich, warf ihm einen vorwurfsvollen Blick zu, nötigte ihn, seinen Platz wieder einzunehmen, und da sie ihn willig und gehorsam fand, gewann sie ihr Vertrauen wieder und glaubte sich in vollster Sicherheit.

Nach reiflichem Nachdenken schienen ihr diese langen Zwiegespräche im Salon denn doch auf die Dauer besorgniserregend zu sein. Sie gedachte sie durch Spaziergänge auf der Terrasse zu ersetzen. Ferdinand aber fand an diesen Zusammenkünften im Freien, unter jedermanns Augen, nur ein sehr mäßiges Gefallen. Er kam auf den Einfall, die Gräfin zu Reitausflügen zu bewegen, indem er sie zu überzeugen suchte, daß diese Bewegung einen vorteilhaften Einfluß auf ihre Gesundheit ausüben werde. Sie ging mit Freuden auf seinen Wunsch ein, und da es auf Croix-Mort kein Reitpferd gab, so ließ er eins von seinem Schlosse herüberkommen.

So fingen sie nun an, auf den samtweichen Rasenwegen, wo der Schritt ihrer Tiere gedämpft widerklang, miteinander die Gegend zu durchstreifen.

Es war gegen Ende Oktober, der Hochwald prangte in goldgelben Tinten von kräftig wirkender Farbenharmonie. Das von den ersten Frösten verdorrte Laub löste sich von den Aesten und fiel mit leisem Knistern ins Buschwerk nieder. Rauhe Lüfte kamen angeströmt und zogen als Vorläufer des Winters wie mächtige Schauer durch die Bäume. Regine begann es zu frösteln, ihre Wangen waren rosig gefärbt, ihr Atem dampfte. »Vorwärts!« rief sie, und ihren Pferden die Zügel lassend, schlugen die beiden einen lebhaften Trab an und kamen, sich dem Zufall überlassend, oft drei bis vier Meilen weit von Croix-Mort bis zu den malerischen Waldpartien von Nieuville.

Niemals begegneten sie Menschen, nur zuweilen hob sich in der Ferne die Gestalt eines Aufsehers vom düsteren Grau des Himmels ab oder entstieg eine leichte Rauchwolke dem verfallenen Schornstein einer Köhlerhütte, die, von einem großen Kreise oft noch qualmender Kohlenstücke umgeben, inmitten eines neuen Holzschlages gelegen war. Dies war alles, was an die Gegenwart lebender Menschen erinnern konnte, so daß die Einsamkeit dieser Ausflüge niemals eine Störung erlitt. Die Gräfin und ihr Begleiter waren völlig frei in diesen weit ausgedehnten Waldstrecken, konnten sich je nach Lust und Laune allen Eingebungen ihrer Phantasie hingeben und, wenn sie wollten, sich allein auf der ganzen Erde glauben.

Eines Tages gegen drei Uhr schlug das Wetter, das schon seit dem Morgen drohend ausgesehen, in Regen um. Große, schwere Tropfen begannen plötzlich mit Heftigkeit niederzufallen. In wenigen Augenblicken war der Wald in einen grauen, undurchdringlich dunklen Schleier gehüllt. Kurze Zeit fanden sie in einem Tannengehölz Schutz und sahen schweigend zu, wie sich das Unwetter entfesselte, doch gar bald ließen die dichten, mit Wasser belasteten Baumkronen eine wahre Springflut niedergehen, so daß Regine und Ferdinand sich gezwungen sahen, den unhaltbar gewordenen Zufluchtsort zu verlassen.

Sie ritten weiter in dem unaufhörlich niederströmenden, starken, durchdringenden Regenguß, suchten den Weg abzuschneiden, um rascher nach Croix-Mort zu gelangen, sahen aber nur den trüben, dichten Brodem vor sich, der sie mit schneidenden Wasserstrahlen wie mit Peitschenhieben überschüttete. Der von allen Seiten umwölkte Himmel zeigte gelbe, weißliche, fahle Schattierungen. Die Pferde, die auf dem feuchten, schlüpfrigen Rasen auszugleiten drohten, hatten alle Mühe, sich aufrecht zu halten, und dampften unter den auf sie niederrauschenden Strömen.

Mit gesenktem Haupte und übereinander gepreßten Lippen trabten Regine und Ferdinand dahin, ohne mehr nach dem finsteren Horizont zu schauen, der ihnen verhüllt blieb. Sie fanden die bekannten Wege nicht mehr, der Wald hatte seinen Anblick völlig verändert. Sonst so lieblich und einladend, war er jetzt plötzlich düster und abstoßend geworden und schien sich ins Unermeßliche auszudehnen, um die Pein der beiden im Unwetter verirrten Reiter zu verlängern. Die Gräfin, welche einen ihr von Ferdinand geliehenen Mantel umhatte, schauerte trotzdem vor Kälte; von ihrem Hute fielen eisige Tropfen auf ihre Hände nieder, so daß sie Mühe hatte, die Zügel zu halten. Dennoch ließ sie weder eine Klage, noch einen

Vorwurf laut werden, sondern folgte tapfer und ohne jede Zimperlichkeit dem voranreitenden Freunde. Dieser stieß plötzlich einen Freudenschrei aus. Bei einer Lichtung hatte er sich zurechtgefunden. Ein Meilenzeiger stand am Wege; der Baron erhob sich im Steigbügel und las: »Croix-Mort fünf Kilometer. La Vignerie...«

»Wir sind nur wenige Schritte von meinem Hause,« rief Ferdinand freudig aus. »Noch eine kurze Anstrengung, und wir haben ein Dach, ein Feuer und die Mittel, nach Croix-Mort zurückzukehren, ohne Ihre Gesundheit aufs Spiel zu setzen.«

Regine zögerte; bei den Worten »mein Haus« hatte eine unbestimmte Unruhe sie ergriffen, sie glaubte etwas wie einen Hinterhalt zu sehen.

»Ich bitte Sie, Gräfin, schlagen Sie dies nicht aus!« drängte Ferdinand. »Sie können in diesem Zustande unmöglich noch eine Stunde Weges zurücklegen, und um Croix-Mort zu erreichen, brauchen wir gerade so viel Zeit. Es handelt sich um Ihr Leben.«

Er bat und schien aufrichtig zu sein. Ohne zu antworten, gab Regine ihrem Tiere einen Hieb mit der Gerte und ließ sich von ihm forttragen, wohin es ihm belieben mochte. Fünf Minuten später hielten sie an einem Eisengitter, der Baron zog heftig an einer Glocke und sofort kam ein Stallknecht herbeigeeilt, um zu öffnen. Sie sprengten im Galopp in den Hof. Vor der Freitreppe stieg Ferdinand ab, hob die Gräfin aus dem Sattel, und ohne sie auf den Boden zu setzen, trug er sie durch zwei bis drei Salons bis in ein hohes, weites Gemach, das ihm als Arbeitszimmer diente.

Hier empfand Regine ein köstliches Gefühl; sie atmete wieder warme Luft und sah sich neben einem hohen Kamin, in welchem große Holzscheite langsam brannten. Hastig die glühenden Brände auseinanderziehend, schürte Herr von Ayères die Glut zu lebhafterer Flamme an; dann wendete er sich an seine Gefährtin, die in ihrem durchnäßten Reitkleide zitternd dastand und wie betäubt in das sprühende Feuer blickte.

»Sie dürfen in diesem Anzuge nicht bleiben, Gräfin, Sie müssen ihn ablegen, o widersprechen Sie nicht! Wir sind im Kriege, man muß sich in die Situation finden; Damenkleidung kann ich Ihnen freilich nicht zur Verfügung stellen, aber einen weiten großen Hausrock, der Ihnen bis zu den Füßen reichen wird ...«

Er war in ein Nebenzimmer geeilt, ohne auf den Widerspruch und die Einwürfe der Gräfin zu achten. Jetzt vernahm diese, wie er geräuschvoll die Schränke öffnete; gleich darauf kehrte er, den Arm mit einer Menge Kleidungsstücke beladen, zurück und meinte lachend, aber mit seiner, achtungsvoller Zurückhaltung, welche der Gräfin sehr wohl gefiel:»Von diesem Momente an sind Sie zu Hause, gnädige Frau, und ich bin bloß der erste Ihrer Diener. Ich bitte Sie, über alles zu verfügen, was Ihnen hier gefällt, und es gütigst zu entschuldigen, wenn ich Ihnen keinen würdigeren Empfang bereiten kann; aber mein Haus ist auf die Ehre, die Sie ihm erweisen, nicht vorbereitet. Ich lasse Sie jetzt allein. Handeln Sie nach Ihrem Belieben, in vollster Freiheit.«

Mit einer Verbeugung zog er sich zurück. Eine kurze Weile blieb Regine unentschlossen; die seltsame Lage, in die sie sich plötzlich versetzt sah, hatte sie völlig verwirrt. Sie überlegte nun und fand, daß bei diesem Anlasse doch nur der Zufall der Schuldige war. Sie konnte Ferdinand, der sich aus allen Kräften bestrebte, ihren Verdruß zu verringern und die Gefahren des Abenteuers abzuschwächen, nicht zürnen. Aber wie dem auch immer war, sie befand sich jetzt doch in der Wohnung eines Junggesellen und sollte ihre Kleidung wechseln, ohne zu wissen, wann und wie sie sich wieder ankleiden könne.

Die Feuchtigkeit ihres Kleides, das, sich an ihren Rücken schmiegend, ihr eine höchst unbehagliche Empfindung verursachte, drängte sie endlich zu einem Entschluß. Sie eilte zu den Thüren und verschloß dieselben. Nun war sie vor jeder Ueberraschung sicher und begann, vor dem rotflackernden Feuer stehend, ihr Reitkleid, das naß zum Auswinden war, abzulegen, dann traf sie eine Auswahl zwischen Ferdinands Anzügen und schlüpfte endlich in einen langen Samtrock, dessen seidene Schnur graziös ihre Taille bezeichnete und die Ueppigkeit ihrer Büste hervortreten ließ.

Regine litt es nicht lange an einem Orte; eine heftige Erschütterung durchbebte sie, es war ihr, als rolle das Blut siedend heiß durch ihre Adern, Das Feuer im Kamin loderte ihr ins Gesicht, sie entfernte sich von demselben und durchmaß neugierig das Gemach, welches sie mit seinen niedrigen, mit orientalischen Stoffen bezogenen Diwans, seinen tiefen Fauteuils mit zurückgebogenen Lehnen und der türkischen, mit kupfernen Halbmonden verzierten Lampe an der Decke sehr vornehm ausgestattet fand. Zwei große Sandelholzschränke mit Perlmutter und Elfenbein ausgelegt, nahmen die Fensterzwischenräume ein und ein Büchergestell von Ebenholz, mit hübschen Einbänden gefüllt, zog sich längs einer großen Wandfläche hin.

In der Mitte ein Tisch mit Stößen von Papier und Schriftstücken beladen und einer mit dem Namenszuge des Hausherrn geschmückten Schreibmappe von Juchtenleder. In einer Ecke ein Jagdgewehr, das wohl bis zum nächsten Ausflug hier lehnen mochte, in einer Bronzeschale nachlässig hingeworfene Patronen und in einer zweiten ein Bund Schlüssel, ein Federmesser und Cigarren.

Das ganze häusliche Leben Ferdinands bot sich hier Regines Blicken dar und zwar so, wie es wirklich war, mit all den kleinen Zufälligkeiten und Nachlässigkeiten. Ein eigner Reiz lag über dieser bei aller Einfachheit so vornehmen Umgebung. Man erkannte den Pariser, der, wenn auch zum Landleben verbannt, selbst noch in der Einsamkeit seine raffiniert seinen Gewohnheiten beibehielt, an der Weichheit der Teppiche, an der Dichte der Tapeten, die jedes von außen eindringende Geräusch dämpften, an einer gewissen, alles belebenden Grazie, die für einen Ausfluß seiner Individualität gelten konnte. Man dachte sich den Bewohner jung, schön, vornehm; ein unaussprechlich verführerischer, aber sehr wirksamer Zauber schien von ihm auszugehen, welcher die Frau, der er sich in dieser Weise wie ein Gott unsichtbar geoffenbart hatte, in tiefe Erregung versetzte.

Ein leichtes, bescheidenes Pochen an der Thür ließ sie erbeben. Sie öffnete. Errötend und verlegen bei dem Gedanken, sich in solcher Tracht zeigen zu müssen, warf sie sich in einen Fauteuil, der neben dem Kamin stand. Auch er hatte die Kleider gewechselt und kehrte jetzt tadellos elegant zurück. Er näherte sich Regine völlig unbefangen, als ob sich nichts Außergewöhnliches zugetragen hatte, erkundigte sich nach ihrem Befinden und gab sich den Anschein, als bemerke er die Seltsamkeit ihres Anzuges gar nicht.

»Es ist erst fünf Uhr,« sagte er, »die Nacht bricht herein, in drei Viertelstunden wird es ganz dunkel sein. Ich gab Befehl zum Anspannen des Jagdwagens, damit Sie ruhig nach Hause zurückkehren können und Ihr Abstecher nicht weiter bekannt wird ... Dies paßt Ihnen doch wohl, nicht wahr?«

»Ganz vortrefflich. ... Ich bin Ihnen für die Sorgfalt, mit der Sie meine Rettung bewerkstelligt haben, sehr dankbar ... Doch wahrhaftig, ich weiß nicht, was mit mir vorgeht. ... Ich fühle mich ungemein abgespannt.«

Sie bog den Kopf auf die Lehne zurück, so daß ihr frischer, runder Hals sichtbar wurde. Ihre Augen waren halb geschlossen, sie schien einschlummern zu wollen.

»Tiefe Ermüdung rührt von unsrer Flucht im strömenden Regen und bei dem eisigen Winde her. Sie waren schon nahe daran, den Mut zu verlieren ... Jetzt aber müssen Sie ein Schlückchen Malaga nehmen ... Doch nein. Ich will Ihnen etwas warmen Wein bereiten. ... Der pflegt mir herrlich zu munden, wenn ich von der Jagd durchnäßt heimkomme.«

Es fiel ihr gar nicht ein, »nein« zu sagen. Ferdinand öffnete einen Schrank, entnahm demselben eine silberne Schale, eine Zuckerdose und eine Karaffe von böhmischem Glase. Dann kniete er auf dem Teppich vor dem Feuer nieder und begann mit vieler Geschicklichkeit, die kleine Küche zu bestellen.

Sie sah ihm regungslos zu, die müden Glieder ausgestreckt, von einem Gefühl köstlichen Wohlbehagens durchdrungen, dabei dem Summen der Flüssigkeit lauschend, die, über das Ende eines flammenden Holzscheites gehalten, in der Schale schäumte. Als der Wein zu sieden anfing, nahm er ihn vom Feuer weg, schnitt eine Citrone mit einen kleinen Dolche, der ihm als Papiermesser diente, in dünne Scheiben, warf diese in das Getränk, füllte damit einen Becher von vergoldetem Silber und reichte ihn der Gräfin dar, die allen seinen Bewegungen mit stillem Lächeln folgte.

»Das muß recht warm genommen werden,« bemerkte er mit wichtigthuendem Ernst.

Sie tauchte ihre Lippen in den duftenden Wein, fing leicht zu hüsteln an und rief: »Mein Gott, wie stark ist das!«

Nach einem Augenblicke setzte sie den Becher wieder an den Mund und trank schließlich alles aus. Frohlockend und seelenvergnügt hatte Ferdinand sich auf einem Taburett an ihrer Seite niedergelassen und verschlang sie jetzt mit seinen Blicken.

»Sie sehen,« bemerkte er fröhlich, »daß ich nicht gar zu ungeschickt bin und mir im Notfall auch ohne Dienerschaft zu helfen weiß. Zudem ist es mir auch lieb, Sie zu bedienen und die Freude Ihres kurzen Verweilens in meinem Hause, das von nun ab in meinen Augen einen geheimen, kostbaren Reiz besitzen wird, ganz allein zu genießen. Dieser Sitz hier wird mich daran gemahnen, daß Sie auf demselben geruht haben und daß Ihr Haar diese seidenen Kissen berührt hat. Es werden dies alles lauter reizende Erinnerungen sein, die ich liebevoll bewahren will, wenn Sie mit Ihrem Fortgehen all mein Glück mit sich genommen haben werden.«

»Nun, Sie werden nicht so sehr zu beklagen sein,« flüsterte Regine, »da Sie mich ja morgen wiedersehen können.«

»Und doch wird es nicht mehr dasselbe sein ... Sie werden morgen nicht sein, wie heute: in meinem Zimmer, in meinem Gewande ...«

Frau von Croix-Mort senkte ihre Blicke und sah sich von Ferdinands Hausrock umhüllt, in seinem Gewande, wie er sagte. Erschrocken fuhr sie zusammen, sie glaubte sich wie von Flammen umglüht, und diese Empfindung war eine so lebhafte, daß ihre Nerven sich anspannten und es sie wie ein Krampf durchzuckte.

Ja, dieses Gewand brannte sie; sie meinte, sich nicht eher beruhigen zu können, als bis sie es abgeworfen haben würde. Ferdinands Anwesenheit vergessend, wollte sie das Kleidungsstück mit einer heftigen Bewegung öffnen; dabei fielen jedoch die weiten Aermel zurück und ihre schönen weißen Arme kamen zum Vorschein. Flugs hatte der Baron diese mit seinen Händen erfaßt und in die Knie sinkend, drückte er sie zärtlich an seine Lippen.

Regine versuchte sie ihm zu entziehen; doch er hielt sie fest und jetzt hatte er mit seinen Küssen den Ellbogen erreicht. An die täglichen Tändeleien gewöhnt, glaubte die Gräfin, daß ein Blick, ein vorwurfsvolles Wort genügen würde, um Ferdinand wieder zur Achtung und Ergebenheit zurückzuführen.

»Seien Sie doch vernünftig!« schalt sie, indem sie sich ernsthafter bemühte, ihre Hände frei zu machen.

Er erhob das Gesicht, dessen Ausdruck derart verändert war, daß Regine Furcht bekam. In einem Augenblick wurde ihr die Gefahr, in der sie schwebte, klar. Die Vorsicht, welche sie zu lange außer acht gelassen, mahnte sie jetzt mit einem plötzlichen Aufleuchten. Sie sah sich in dem Hause eines Mannes, der sie liebte, der ihr es wiederholt bekannt hatte und der in seinen Bestrebungen keineswegs von ihr entmutigt wurde. Sie fühlte sich dem Abgrund nahe, sie wollte innehalten, sammelte alle ihre Kräfte, riß sich los und stand jetzt frei und vollkommen Herrin ihrer selbst demjenigen gegenüber, der ihr noch soeben Furcht eingeflößt. Er hatte sich gleichfalls erhoben und trat jetzt mit flammendem Antlitz und ausgebreiteten Armen auf sie zu: »Regine!«

»Kommen Sie mir nicht nahe!« rief sie zurück und wendete sich ab, um nach der Thür zu gehen; doch ehe sie diese erreicht hatte, fühlte sie sich von Ferdinands Armen umschlungen. Ein Schwindel erfaßte sie, es schien ihr, als ob sich die Wände mit entsetzlicher Geschwindigkeit um sie herumdrehten; sie stieß einen tiefen Seufzer aus und verlor die Besinnung.

Als sie wieder zum Bewußtsein kam, sah sie Herrn von Ayères vor sich, der sie eine starke Riechessenz einatmen ließ. Ueberrascht blickte sie um sich. Sie vermochte sich nicht zurechtzufinden; das Gemach, die Möbel, alles schien ihr fremd. Die vertrauliche Haltung des jungen Mannes beunruhigte sie nicht, hatte sie sich doch in ihrer Unbedachtsamkeit schon längst in einem ungezwungenen Verkehr mit ihm gefallen. Ferdinand neigte sich jetzt zu ihr hinab und flüsterte ihr ins Ohr: »Ich liebe dich!«

Wie ein erhellender Blitzstrahl fiel dieses Duzen in die Dunkelheit ihrer im Augenblicke getrübten Sinne. Sie erinnerte sich des Geschehenen und erhob sich voll Bestürzung. »Gehen Sie,« schrie sie zornig, »gehen Sie! ... Sie sind ein Elender! ...«

Und als er sich dennoch mit bittendem Blicke und gezwungenem Lächeln ihr nähern wollte, verbarg sie ihr Antlitz in den Händen und brach in Thränen aus. Er hatte schon häufig genug Frauen weinen sehen, heute verlor er die Fassung. Angesichts dieses Schmerzes, den er als wahr und tief empfunden erkannte, blieb er regungslos, ohne zu wissen, was er beginnen solle. Sein einziger Wunsch war jetzt, sich als Mann von Bildung zu benehmen und dieses Abenteuer regelrecht zu beenden.

Er staunte über diese Verzweiflung, diese Thränen, die sich in kein Lächeln auflösen wollten. Ein »Ungeheuer« hatte man ihn sonst genannt, einen »Elenden« nie. Einer so völlig neuen Sachlage gegenüber suchte er nach neuen Ideen, denn für diesen unerwarteten Fall mangelte es ihm an Erfahrung. Aber er war stark genug, um erfinden zu können. Er nahm eine gerührte Miene an und sagte mit trauriger, bewegter Stimme: »Ich bitte Sie, beruhigen Sie sich doch ... Wenn Sie wüßten, wie tief mich Ihr Kummer berührt! ...«

Sie schüttelte den Kopf, ohne die Hände von ihrem Gesicht zu entfernen; der traurige Ton in Ferdinands Sprache war ihr zu Herzen gedrungen und sie fing an, noch heftiger zu schluchzen.

»Was verlangen Sie von mir?« fuhr er fort. »Ich stehe zu Ihren Diensten, Sie haben nur zu befehlen. Ich habe der Heftigkeit meiner Liebe zu Ihnen nachgegeben und habe Sie damit grausam beleidigt ... Ich bin durch die Qual, die ich beim Anblick Ihrer Thränen empfinde, hart genug bestraft ... Regine, ich beschwöre Sie, sagen Sie mir nur ein Wort, geben Sie mir ein Zeichen, das mir zu glauben gestattet, Sie hätten mir verziehen! ...«

Sie blieb stumm und regungslos, als hätte sie ihn nicht verstanden. In großer Bestürzung schritt er auf und ab und blieb endlich am Fenster stehen. Der Regen fiel noch immer schnurgerade herab, das eintönige Grau, das den Horizont wie mit einer Decke umspannt hielt, vermischte sich mit dem Dunkel der hereinbrechenden Nacht. Im Hofe wartete der Wagen, den er anzuspannen befohlen. Ferdinand kehrte zu der Gräfin zurück, ließ sich vor ihr auf die Knie nieder und bat: »Um des Himmels willen, blicken Sie doch nicht gar so verzweifelt umher! Sie brechen mir das Herz! Was glauben Sie denn von mir befürchten zu müssen? Meine Achtung für Sie kommt meiner Liebe gleich ... Ich lege beide zu Ihren Füßen ... Durch meine Zärtlichkeit und Ergebenheit werde ich Sie vergessen lassen ...«

Und so fuhr er fort, ihr alle jene Gemeinplätze zu spenden, die bei derlei Fieberanfällen gewöhnlich als Linderungsmittel angewendet werden. Er hatte endlich den Leitfaden wiedergefunden, der ihn bei solchen Scenen stets zum Ausgange zu führen pflegte. Sein Ziel, dem er jetzt nachstrebte, war, Regine zu bewegen, sofort nach Hause zurückzukehren, damit der Schein gewahrt bleibe. Er suchte ihr beizubringen, daß er um ihre Ehre mehr besorgt sei, als sie selbst, und er sie demnach aufmerksam machen müsse, daß sie sich vergesse und die Zeit verstreichen lasse, in der sie auf ihrem Schlosse zurückerwartet werde.

Sie erhob sich, ohne ein Wort zu sagen, und er sah, wie ihre Augen angeschwollen und ihr Antlitz tief erbleicht war. Aus dem Blick, welchen sie ihm jetzt zuwarf, blitzte ihm der ganze Zorn ihres verletzten Stolzes entgegen, und Ferdinand konnte über ihre Gefühle nicht im unklaren bleiben. Mit einer Handbewegung wies sie ihn hinaus, und als sie allein war, warf sie das unheilvolle Gewand ab und trat es mit Füßen, sowie sie demjenigen Fußtritte hätte versetzen mögen, der sie bewogen, es anzulegen.

Als sie ihr noch nicht völlig trockenes Reitkleid wieder angezogen hatte, durchschritt sie die Gemächer, welche sie von der Vorhalle trennten. Hier wartete Herr von Ayères mit dem Hute in der Hand. Er half ihr in den Wagen, nahm rasch an ihrer Seite Platz, ergriff die Zügel und setzte das Pferd in starken Trab. Regine hatte während ihres kurzen, aber verhängnisvollen Verweilens auf dem Schlosse La Vignerie bloß den Stallburschen, der das Thor geöffnet hatte, zu Gesicht bekommen. Ferdinand hatte alle seine Leute ferngehalten, damit sie keinem unberufenen Blick ausgesetzt sein sollte. Die Fahrt auf der einsamen Heerstraße dauerte eine halbe Stunde. Als sie Croix-Mort erreichten und bei der kleinen Parkthür anlangten, berührte Regine den Arm des Barons. Sie wünschte, daß er hier halte, denn sie mochte nicht mit ihm allein im Wagen von ihren Leuten gesehen werden. Ehe er sich's versah, war sie rasch ausgestiegen, und ohne ein Wort, ohne einen Blick entfernte sie sich von ihm, wie von einem Todfeinde.

# Fünftes Kapitel

Regines abweisende Haltung hatte vorerst das Gute, Ferdinand in starken Zorn zu versetzen. Er zuckte die Achseln und erging sich in schlechten Spähen über den seltsamen Groll der Gräfin, die seit sechs Wochen mit dem Feuer gespielt und jetzt in Wut geriet, weil sie sich gebrannt hatte. Nach längerem Nachdenken jedoch flößte ihm das Benehmen der Frau von Croix-Mort ganz besondre Hochachtung ein.

Diese Empörung der schönen Gräfin war im ganzen doch etwas Unerwartetes und durchaus nichts Alltägliches. Sie bot ihm kühn die Spitze, weil sie ihn strafen wollte für die Kühnheit, mit der er sich ihrer bemächtigt hatte. Es war nicht zu leugnen, daß sie einen Stolz offenbarte, der von dem Adel ihrer Herkunft zeugte. Sie war vom Scheitel bis zur Sohle eine vornehme Dame. Der Baron empfand bei dieser Erwägung das nicht geringe Behagen, sich sagen zu können, daß er der Liebhaber dieser stolzen und eben darum um so verführerischen Frau gewesen.

Er brachte den ganzen Abend in Nachdenken versunken zu, träumte in der Nacht von Regine und erhob sich am nächsten Morgen bedeutend verliebter, als er es je gewesen.

Gegen zwei Uhr konnte er dem Verlangen, sich nach Croix-Mort zu begeben, nicht länger widerstehen. Er ging zu Fuß durch den Wald, sah mit einem Lächeln den Kreuzweg wieder, wo er in dem Gehölze, in welchem er doch alle Seitenpfade genau kannte, sich verirrt hatte und den Meilenzeiger zu Rate ziehen mußte, ja selbst dessen Inschrift kaum zu lesen vermochte, so heftig hatte ihm der Sturm den Regen ins Gesicht getrieben. Dann folgte er dem Wege bis zur Divonette, überschritt die Brücke und wandelte durch die Parkalleen dem Schlosse zu.

Hier war alles still und einsam. Die Thür des Salons, aus welchem die Gräfin ihm so häufig entgegenzueilen pflegte, wenn sie seinen Schritt erkannte, blieb geschlossen. Er mußte läuten, um einen Diener herbeizurufen, der ihm mit leiser Stimme und betrübter Miene erklärte, die gnädige Frau empfange heute nicht, sie liege zu Bette und sei von heftigen Nervenschmerzen befallen. Ferdinand gab seine Karte ab und zog sich zurück.

Sehr verstimmt trat er den Heimweg an; daß er die Thür verschlossen finden werde, darauf war er keineswegs gefaßt gewesen; er hatte sich als Herr der Situation gefühlt und nun lehnte sich Frau von Croix-Mort mit wiedererwachter Willenskraft gegen ihn auf und leistete ihm Widerstand.

Er wurde sehr verdrießlich und suchte sich selbst gegen die Gräfin in Harnisch zu bringen, indem er sie eine Zierpuppe nannte, die sich nun sträuben möge soviel sie wolle, sie habe ihm nichtsdestoweniger doch angehört. Diese im höchsten Zorne abgegebene Versicherung richtete ihn wieder auf. Doch trotz all dieser Prahlereien, mit denen er sich selbst zu täuschen suchte, konnte er Regine nicht vergessen.

Ferdinand erschien am nächsten Morgen, am darauffolgenden und so vier Tage nacheinander auf Croix-Mort, ohne andern Erfolg als am ersten Tage. Die Gräfin schien fest entschlossen, ihn nicht wiederzusehen. Er wurde nun seinerseits verstockt und betrachtete das Verhältnis als gelöst. Da er tödliche Langeweile empfand, gedachte er, sich mit der Verwaltung seiner Besitzung zu beschäftigen. In dem Steuerregister von La Vignerie studierte er die Frage der Holzfällung, welche in seinen Waldungen vorgenommen werden sollte. Es gelang ihm indes nicht, mit der Auswahl und Verteilung der Schläge fertig zu werden, und er beschloß daher, sich zu diesem Behufe an seinen Notar, Herrn Serviquet, zu wenden.

Dieser erschien zum Frühstück bei dem Baron. Der Notar war ein noch junger Mann, welcher, da er erst vor kurzem die Kanzlei seines Chefs übernommen hatte, mit großem Eifer an die Geschäfte ging. Er folgte den Auseinandersetzungen des Herrn von Ayères mit großer Aufmerksamkeit, gab ihm die Versicherung, daß sein Holz einen sehr guten Preis erzielen werde, da die Eisenbahnen, welche in der Umgegend gebaut würden, Balken zu Schwellen und Pfähle zum Telegraphen gebrauchen würden, und versprach schließlich, einen tüchtigen Ingenieur zu schicken, der die Arbeit aufs allerbeste zu besorgen verstehen würde. Die beiden Männer, welche sich von einem guten Mahle angeregt fühlten und etliche Gläser schweren Weines im Kopfe hatten, wurden allmählich mitteilsam, ihr Gedankengang nahm eine andre Wendung und sie begannen von intimeren Angelegenheiten zu sprechen.

Herr Serviquet erzählte, daß er die Tochter des reichen Besitzers der Ziegelei in Houssaye zu heiraten gedenke, und Ferdinand ließ sich herbei, von seinen guten, nachbarlichen Beziehungen zu den Damen von Croix-Mort zu erzählen. Der Notar, welcher die Vermögensverhältnisse des Provinzadels an den Fingern herzählen konnte, gab ein genaues Verzeichnis des Besitzstandes der Gräfin zum besten und erzählte seinem Gastgeber, daß dieselbe während zwölf Jahren durch ein streng durchgeführtes Sparsamkeitssystem alle Fehler ihres Gatten gutgemacht, die Schulden bezahlt, die Hypotheken eingelöst habe, so daß sie jetzt volle sechzigtausend Frank jährlicher Einkünfte »in Grundbesitz« ihr eigen nenne. Bei dieser Eröffnung wurde Ferdinand nachdenklich. Sobald Herr Serviquet die Unterhaltung ins Stocken kommen sah, erinnerte er sich, daß er auf einem benachbarten Hof behufs Eintreibung einer verspäteten Zahlung vorsprechen müsse. Er empfahl sich und bestieg sein Kabriolett, das von dem reichlich gefütterten Gaul im Trabe entführt wurde.

Wie ein Stein in ruhiges Wasser, fiel die Mitteilung von den sechzigtausend Frank Rente in Ferdinands Gemüt, wo sie einen großen Aufruhr erregte. Seine Gedanken zogen immer weitere Kreise, die einzig und allein durch den Anstoß dieses Goldklumpens hervorgerufen wurden. Das Klarste an der Sache war die Gewißheit, selbst in Paris nicht leicht eine so reiche Partie finden zu können.

Die schöne, kokette, unschwer zu gewinnende Regine war von Ferdinand in die Reihe jener Frauen gestellt worden, aus welcher man seine Geliebte wählt. Die angesehene, reichbegüterte Regine ging in einem Augenblick in die Reihe jener Geliebten über, die man zu seiner Frau macht.

Ein dunkler Punkt nur blieb bei der Sache, die sich sonst so klar darstellte: das Alter der Gräfin. Bei einem Liebesverhältnis, das nur eine Saison zu währen bestimmt war, hatten etliche Jahre mehr oder weniger nichts zu sagen, doch bei einer Verbindung fürs Leben war es anders. Dazu kam noch die heranwachsende Tochter, diese Edmee, die ihre Mutter entsetzlich rasch jenem fatalen Momente zudrängte, wo eine Frau Großmutter wird. Gab es einmal Enkel im

Hause, so wurde der Gatte der Großmama, er mochte auch noch so jung sein, deshalb doch nicht weniger eine Art Großvater. Und wie vorauszusehen, konnte sich dieser Unfall leicht in drei oder vier Jahren ereignen.

Das war freilich Grund genug, um ein saueres Gesicht zu machen. Ferdinand, der, vor dem Kamin stehend, sich die Füße wärmte und träumerisch den Rauch seiner Cigarre vor sich hinblies, besah sich im Spiegel und fand sich in der That noch zu jugendlich, um jetzt schon die Liebhaberrollen aufzugeben und sich in die Uebernahme des Väterfaches zu fügen. Andrerseits verblieben ihm nach der Regelung seiner Finanzen, die von seinem Verwalter so trefflich geleitet wurde, noch ungefähr zwanzigtausend Frank Renten, um seine Stellung in der Welt zu behaupten. Das war nach all den Thorheiten im ganzen noch eine recht annehmbare Summe, aber für einen Mann, der gewohnt war, Geld auszugeben, ohne zu rechnen, hieß dies gar nichts. Und aus sanftem, geheimnisvollem Dunkel tauchte strahlend das lächelnde Antlitz Regines empor, mit seiner schönen Farbe, dem blonden Haar und der reinen faltenlosen Stirn. War dies das Gesicht einer alten Frau, und ist man denn nicht, bei Licht erwogen, gerade so alt, als man aussieht? Dazu verlieh der goldne Rahmen, in welchem die reiche Regine jetzt erschien, ihr einen unwiderstehlichen Reiz.

Ferdinand brachte den ganzen Tag in Beratung mit sich selbst zu. Er spazierte schwermütig in seinem Garten umher, langweilte sich in demselben und gelangte endlich zu dem Schlusse, daß er für ein einsames Leben durchaus nicht geschaffen sei.

Nachts umgaukelten ihn seltsame Träume, in welchen er Edmee als ein durchsichtiges, ätherisches Wesen in weißem Kleide sah, wie sie ins Kloster trat, um ihrer Mutter das Recht zu lassen, immer jung bleiben zu dürfen. Des Morgens faßte er den Entschluß, Frau von Croix-Mort um ihre Hand zu bitten, und bedachte nun die Mittel, welche ins Treffen geführt werden sollten, um die Schutzwehren, die gegen ihn aufgerichtet worden waren, zu beseitigen. Die Gräfin hielt ihre Thür verschlossen, es war somit geraten, sich nicht nochmaligen Zurückweisungen auszusetzen. Da er alle Oertlichkeiten des Schauplatzes genau kannte, so brauchte er sich bloß auf die Lauer zu legen und die Gelegenheit, die sich ihm gewiß darbieten würde, zu ergreifen, um unvermutet, wie von unwiderstehlichem Liebesdrange beseelt, vor Regine hinzutreten. Statt die gewohnten Eingänge zu benützen, setzte er über einen Graben, schlich sich in den Park ein und wartete hier wie ein Waldgott, der einer Nymphe auflauert.

Er täuschte sich in der Annahme, die Gräfin »thäte zimperlich«, wie er sich ausdrückte. Sie war in der That ernsthaft krank, und es war nicht Stolz und Zorn allein, was sie von dem Baron fernhielt. Sie litt an heftigen Nervenschmerzen, die von dem eiskalten Regenguß, dem sie ausgesetzt gewesen, herrührten, und hatte zwei Tage das Bett nicht verlassen.

So hatte sie mit Muße über ihre Lage nachsinnen und voll Entsetzen an die erlittene Schmach denken können. Ferdinand flößte ihr Abscheu ein. Sie hatte ihn in einer Art von Trunkenheit gesehen, in der er keineswegs dem seinen, eleganten, liebenswürdigen Manne geglichen hatte, der seit sechs Wochen zu ihren Füßen alle Töne zarter Empfindungen angestimmt. Ihr hätte dieser traute Verkehr, der sich nur auf Worte beschränkte, vollkommen genügt.

Anderseits that es ihr bitter leid um die genußreichen Nachmittage und köstlichen Abende, die ihr im Alleinsein mit Ferdinand so angenehm verflossen waren, während dieser insgeheim seine Batterien errichtet und an den nahen Tag des Angriffs gedacht hatte. Ach, um wie viel mehr hatte sie ihn damals geliebt! Und nun hatte er alles verscherzt, sich um alles gebracht; denn sie gelobte es sich ernst und aufrichtig, ihn nie wiederzusehen. Ein Geliebter! Sie einen Geliebten haben! Sie zitterte bei diesem Gedanken vor Entrüstung. Wenn jeder freundschaftliche Verkehr mit den Männern unausweichlich dahin führen mußte, so war es besser, sich in klösterlicher Einsamkeit zu verbergen und gar keinen mehr zu empfangen, am allerwenigsten Herrn von Ayères.

Edmee, die ihre Mutter leidend wußte, kam auf den Zehen ins Zimmer und schlich, instinktiv etwas Außerordentliches verspürend, beständig um sie herum, gleich einem Hunde, der die Nähe eines Wolfes wittert. Es war, als ob sie in der Atmosphäre irgend ein beunruhigendes Arom unterscheide, den Verräter des begangenen Fehltrittes. Dabei pflegte sie ihre Mutter aufs liebevollste, bemitleidete sie und belästigte sie ungemein mit ihren fragenden Blicken, die einem Geheimnis auf der Spur zu sein schienen. Frau von Croix-Mort fürchtete, wenn sie länger als zwei Tage zu Bette bliebe, Edmee noch mehr zu beunruhigen. Sie stand daher auf, stieg in den Salon hinab, nahm am Kamin Platz und griff zu einer Arbeit.

Nicht ohne Angst und Bangen vernahm sie alsdann in der Vorhalle die Stimme des Barons, der sich dringend nach ihrem Befinden erkundigte. Aber sie hielt sich tapfer. Nur konnte sie sich eines Errötens nicht erwehren und mußte die Stirn neigen vor der stummen Frage Edmees, die höchst erstaunt war, dem Günstling die Thür verschlossen zu sehen.

Wie sollte sie ihr seltsames Benehmen erklären? Sollte sie etwa eine Geschichte erfinden, welche das junge Mädchen scheinbar gläubig hinnehmen würde, wahrend sie insgeheim ihre Nachforschungen vielleicht verdoppelte. Es war nicht leicht, sie zu täuschen. Um sich darüber zu vergewissern, brauchte man bloß ihr schelmisches Lächeln zu sehen, und die Art, wie sie die Lider über die Augen senkte, als wolle sie einen Schleier über ihre Gedanken ziehen. In der That hegte die Gräfin die Besorgnis, das fünfzehnjährige Mädchen, dessen Scharfblick in der Einsamkeit, die das Nachdenken so sehr begünstigt, sich ungewöhnlich früh entwickelt hatte, könne sich herausnehmen, sich zu ihrem Richter aufzuwerfen. Sie hatte keine Frage gestellt, auch nicht ein einzigesmal den Namen des Herrn von Ayères ausgesprochen, was zur Genüge erkennen ließ, daß sie in ihrem Innern ernstlich mit sich zu Rate ging.

Frau von Croix-Mort wünschte demnach, sobald als möglich das frühere Leben wieder aufzunehmen, und als Ferdinand durch sein Nichtwiederkommen bewies, daß er die Nutzlosigkeit jedes weiteren Schrittes begriffen habe, entschloß sie sich, eines Abends bei Tisch die Bemerkung hinzuwerfen: »Wir werden jetzt eine Zeitlang Herrn von Ayères nicht sehen, er ist in Paris...«

Edmee gab ein »Ah!« zur Antwort, das wie das Knacken einer Pistole beim Spannen des Hahnes klang. Hätte die Mutter eine weitere Bemerkung hinzugefügt, so würde das Mädchen vielleicht ihre Meinung nicht zurückgehalten haben, allein die Gräfin mochte dies nicht wagen, und so verging das Essen in drückendem Schweigen.

Am folgenden Tage machte Regine ihren ersten Spaziergang auf der Terrasse, den sie später bis zum Park ausdehnte. Die frische

Luft that ihr wohl. Mit wehmütigem Gefühl sah sie die Alleen wieder, welche sie am Arme des Mannes, der ihr so wohl gefiel, durchwandelt hatte. An einem Rasenrundell stand eine zierliche Strohhütte, mit Gartenbänken und Stühlen ausgestattet; hier ließ sie sich nieder und blickte zur Divonette hinüber, die, vom Herbstregen angeschwollen, in raschem Laufe dahinzog.

Sie gedachte des schönen Tages ihrer Kahnfahrt, als Ferdinand heiter und sorglos die Rufe ihrer Tochter wiederholt hatte und dann bis zur Brücke niedergestiegen war, die, ihren steinernen Bogen graziös über den reißenden Fluß spannend, jetzt vor ihren Augen dalag. Wie leicht und gewandt war er in den Kahn gesprungen!... Dann hatte er, ihr gegenübersitzend, die Ruder geführt, und seinen Kleidern war ein feiner Wohlgeruch entströmt.

Plötzlich schrak Frau von Croix-Mort zusammen. Es war ihr, als atmete sie jenen Duft wie damals im Kahn wieder ein; sie erhob sich rasch, wendete sich, von unbestimmter Angst erfaßt, um und sah Ferdinand vor sich, der sie lächelnd beobachtete. Ein dumpfer Schrei entfuhr ihr, sie machte eine Bewegung, um sich zu entfernen, indes der Baron mit gefalteten Händen, demütig bittend, auf sie zuschritt.

»O bleiben Sie! ... Nur einen Augenblick! Seit acht Tagen halten Sie mich fern... Ich bin gar zu unglücklich...«

Und als sie traurig den Kopf schüttelte, hob er mit leidenschaftlicher Wärme wieder an: »Ich verdiene es, ich weiß es wohl, und ich kann Ihnen jetzt nur meine Reue und meine Bitte um Verzeihung darbringen... Aber Sie sollen doch auch wissen, wie sehr ich den Wahnsinn verdamme, der mich hinriß ... Ich bin allein anzuklagen, und doch bin ich vielleicht nicht der allein Schuldige ... Unbewußt, trotz Ihrer Seelenreinheit, waren Sie meine Mitschuldige ...«

Er drängte sich sanft an sie heran und ganz nahe an ihrem Ohr flüsterte er mit einer Leidenschaft, die sie erbeben ließ: »Sie waren gar so schön! ...«

Sie fühlte sich wieder umstrickt, wieder geneigt, sich dem Zauber gefangen zu geben. Das Herz schwoll ihr im Busen, Thränen traten ihr in die Augen. Sie wendete sich wieder zum Gehen, doch er erfaßte ihre Hände und hielt sie mit sanfter Gewalt fest: »Nein! Nein!

Wenn Sie sich mir jetzt entziehen, so weiß ich, daß ich Sie nicht wiedersehe ... ich mußte Sie überraschen, um den kurzen Augenblick erlangen zu können, in welchem ich Sie um Verzeihung bitten kann .... Nein! Ich mag nicht mehr so fortleben, Sie müssen mir verzeihen ... Wenn Sie wüßten, was die Einsamkeit jetzt für mich ist, jetzt, nach der an Ihrer Seite glücklich verlebten Zeit! ... Niemals habe ich die ganze Glückseligkeit dieses Lebens zu zweien, das so viel süße und reine Freuden gewährt, tiefer empfunden, als seitdem Sie ihm ein Ende gemacht ...«

Regine stieß einen Seufzer aus, der Ferdinand nicht entging und ihm verriet, daß sein Bedauern geteilt werde. Er wurde jetzt dringender, nahm das Thema über die Liebe, welches er stets so glänzend und so erfolgreich entwickelt hatte, wieder auf und bestrebte sich, es mit neuen Variationen auszuschmücken. Diese Musik, welche der Gräfin so wohl gefiel, dieses Konzert voll Sentimentalität führte er jetzt mit künstlerischer Meisterschaft durch und er fühlte sich von seinem eignen Spiel derart gefesselt, daß er jetzt wirklich glaubte, was er redete.

Mit ihrem vor Kummer bleichen Antlitz, ihren thränenfeuchten Augen und ihren bebenden Lippen, die nur schwer die Worte zurückzuhalten schienen, welche sie auszusprechen gefährlich fand, dünkte ihm Regine bezaubernd schön, und er begehrte sie leidenschaftlich. Er vergaß das Vermögen, er sah nur noch das Weib. Da er jetzt in Wahrheit aufrichtig fühlte, schilderte er die Traurigkeit seiner Verbannung fern von dem Liebesparadiese in solch lebhaften Farben, daß die Gräfin sich gestehen mußte, daß es ohne diesen Dämon, der sie zu Falle gebracht, eigentlich gar kein Paradies gebe.

Doch da sie ihm dasselbe verwiesen hatte, wie konnte sie es ihm nun wieder eröffnen? Und welchen Glauben sollte sie Versprechungen beimessen, die er zu geben gewiß nicht ermangeln würde? Wie nur denken, daß er sie halten würde?

»Sie haben jedes Vertrauen in mir vernichtet,« sagte sie traurig. »Sie wieder bei mir zu empfangen, wäre eine Unklugheit, die ich nicht begehen darf. Und zudem, welches Vergnügen könnten wir auch an einem weiteren Verkehr finden? Würde er uns nicht stets durch die Erinnerung an Ihr Vergehen mir gegenüber vergällt werden? Glauben Sie, daß ich jemals vergessen könnte? Die Beziehungen, die zwischen uns bestanden, wurden von Ihnen gewaltsam abgebrochen; es ist unmöglich, sie wiederherzustellen...«

Er machte eine Gebärde des Widerspruches.

»Wofür halten Sie mich?« versetzte er. »Glauben Sie, ich könnte Sie auch nur einen einzigen Augenblick lang mit der Zumutung beleidigen, mir den Eintritt in Ihr Haus wieder zu gestatten, ohne meinerseits Ihnen die Gewißheit zu bieten, daß ich mich bestreben werde, Sie mir ganz zu erringen? ... Kann ich überhaupt einen andern Wunsch hegen? Ich liebe Sie aufrichtig und will Sie ganz mein nennen. Sie sehen, daß ich nichts verschweige und Ihnen meine innersten Gedanken gestehe. Ein Dasein ohne Sie erscheint mir unmöglich. Ich biete Ihnen mein Leben an, damit Sie es mit mir teilen ... Unsre alten Beziehungen möchte ich nicht wiederaufnehmen; ich wünsche neue anzuknüpfen, unauflösliche, die Sie für immer mit mir vereinen sollen ...«

Regine war auf ein derartiges Anerbieten nicht gefaßt; sie blieb sprachlos, indes er in lebhafter Erregung fortfuhr: »Willigen Sie ein, meinen Namen zu tragen, meine Frau zu werden; machen Sie mich zum glücklichsten der Menschen, geben Sie mir das Recht, Sie zu lieben, ohne Unruhe für Sie und ohne Vorwürfe für mich. Lassen Sie unsern trauten Verkehr, der Ihnen so lieb gewesen, für immer fortbestehen, machen Sie ihn unanfechtbar. Es war Thorheit, anzunehmen, daß dieser auf die Dauer einer bösen Auslegung hätte entgehen können, auch wenn er noch so harmlos geblieben wäre. Ich weiß, daß ich viel begehre, indem ich Sie bitte, Ihre Freiheit aufzugeben. Ihr ganzes Dasein umzugestalten; aber ich werde mich bestreben, Ihnen durch meine Zärtlichkeit dieses Opfer zu erleichtern. Seien Sie gut, antworten Sie mir. Es braucht keiner langen Ueberlegung, um Glück zu gewähren.«

Von der rührenden Gefühlsseligkeit seiner eignen Worte hingerissen, empfand er einen Moment lang eine tiefe Erregung. Seine Stimme geriet ins Stocken, Thränen traten ihm in die Augen, und er war gezwungen, innezuhalten.

Auf eine Bank niedersinkend, erfaßte er Regines Hand und drückte den Schluß seiner Rede in Küssen aus. Sie setzte sich lächelnd und tiefbewegt an seine Seite, beruhigte ihn und sah entzückt, welch große Gewalt sie über ihn auszuüben im stande war.

»Sie sind nicht vernünftig, mein armer Freund,« tröstete sie ihn liebevoll. »Ich! Ich sollte Ihre Frau werden? Haben Sie mich denn nicht angesehen? Ich bin alt. In zwei Jahren bin ich vierzig, und Sie werden dann noch jung sein. Wenn ich thöricht genug wäre, Ihren Antrag anzunehmen, würden Sie es mir einst arg verdenken und wir würden beide unglücklich sein. Ueberdies bin ich auch nicht mein eigner Herr: ich habe Pflichten, habe eine Tochter, der ich mich widmen muß ... Kurz, alles, was Sie ersehnten, ist verlockend, aber undurchführbar, mir dürfen nicht weiter daran denken ...«

Er aber hielt sich keineswegs für geschlagen, sondern versuchte alle ihre Gründe zu widerlegen: er sei um fünf Jahre älter als sie und ihr Alter passe vortrefflich zu dem seinen; sie sehe jung und reizend aus und er bete sie an. Ihn bedrohe nur der einzige Schmerz, daß sie ihm ihre Hand verweigern könnte, Ihre Tochter würde in ein oder zwei Jahren heiraten, würde sie unfehlbar allein lassen, und was für ein Leben wartete dann ihrer in dieser Wüste! Welch ein schönes, angenehmes, glänzendes Dasein würde er ihr hingegen verschaffen!

Er fing schon an, Pläne zu entwerfen: Den Winter und das Frühjahr würden sie in Paris zubringen, dann den Sommer auf Croix-Mort oder Vignerie. Und die Gesellschaft, die sie in Paris verlassen, und die sich ihr nun von neuem erschließen würde! Er erzählte voll Stolz von seinem Bekanntenkreis, nannte seine Verwandten und ließ Regine in einem glänzenden Luftgebilde eine Zukunft voll Freuden, voll Festlichkeiten, voll Vergnügungen erblicken. Sie war nachdenklich geworden, und jetzt sagte sie nicht mehr »Nein«. Ihm zuhörend verweilte sie in der kleinen Strohhütte, während das leise Rauschen der unter dem Brückenbogen durchströmenden Divonette heraustönte.

Die Zeit verstrich, die Dämmerung brach herein, ohne daß Regine es merkte; es dünkte ihr kaum eine Stunde, seit sie an Ferdinands Seite weilte. Als sie sich jetzt zum Gehen erhob, schloß er sie in seine Arme, ohne daß sie sich ernstlich zur Wehr setzte, drückte sie zärtlich an sich und raubte ihr einen langen Kuß. Erbleichend, aber nicht unwillig entwand sie sich ihm. Er war jetzt ihrer Einwilligung sicher, und da er es nicht mehr nötig fand, auch nur scheinbar einen Zweifel zu äußern, so fragte er bestimmt: »Wann werde ich Sie wiedersehen?«

»Ich muß, was Sie auch dagegen sagen mögen, Ihr Anerbieten doch noch in ernste Erwägung ziehen,« erwiderte sie. »Es gilt, einen großen Entschluß zu fassen. Ich habe in meiner Umgebung niemand, der befähigt wäre, mir zu raten. Ich bitte Sie daher um ein wenig Zeit ... so wenig als möglich,« fügte sie hinzu, als sie Ferdinands Gesicht sich verfinstern sah. »Kommen Sie aber keinesfalls, ehe ich Ihnen schreibe. Und zweifeln Sie ja nicht an meiner Freundschaft für Sie ...«

Bei diesen vielversprechenden Worten der Gräfin wollte sich Ferdinand ihr wieder nähern, um sie nochmals zu umarmen; doch sie winkte ihm mit der Hand einen Abschiedsgruß zu, der einem Kusse erstaunlich glich, und eilte leichten Fußes der Allee zu, die nach dem Schlosse führte.

Er blieb einen Augenblick nachdenklich stehen, steckte sich eine Cigarre an, blies mit stolzer Genugthuung den Rauch zum Himmel empor und entfernte sich langsam.

# Sechstes Kapitel

Jetzt hatte plötzlich das ganze Verhältnis für Regine eine völlig unerwartete und seltsam aufregende Wendung genommen. Sie liebte Herrn von Ayères, sie konnte es nicht leugnen. Aber auch ihre Ruhe gefiel ihr sehr wohl. Wie er es vermutete, hatte sie sich während der zwölf Jahre ihres einsamen, zurückgezogenen Daseins in Gewohnheiten eingelebt, die zu ändern ihr unstreitig schwer fallen mußte. Sie war unabhängig, sollte sie sich nun einen Herrn geben? Sollte sie sich der Gefahr aussetzen, das bequeme, müßige Leben, welches ihr so lieb geworden, durch das unruhige Treiben eines überschäumenden Mannes durchkreuzen zu lassen? Sie hatte durch eine verständige Verwaltung ihr Vermögen und das ihrer Tochter wiederhergestellt; sollte sie es nun neuerdings von einem Lebemanne dem Ruin ausgesetzt sehen?

Ferdinand war voll Freimütigkeit gegen sie gewesen, als er ihr gesagt, daß sie ihm ein Opfer zu bringen haben werde. Wie gut mußte er die Frauen im allgemeinen und Regine im besondern kennen, wenn er es nicht verschmäht hatte, ihre Selbstverleugnung anzurufen! Es war leicht möglich, daß die Besorgnis, egoistisch zu erscheinen, Frau von Croix-Mort zumeist bewog, seinen Antrag nicht zurückzuweisen. Zu all dem barg das Wort »Heirat« einen Zauber, dem sie sich nicht entziehen konnte. War sie doch in ihrer ersten Ehe so wenig verheiratet gewesen, war der skeptische, trockene, kühle Herr von Croix-Mort doch so gar nicht der Mann ihrer Träume gewesen.

Er hatte jede Gefühlsäußerung in ihr erstickt, jeden Zärtlichkeitsbeweis verschmäht. Er gab ihr seinen Namen und ein Kind, das war alles. Lange Zeit hatte sie ihn bloß im Speisezimmer und im Salon gesehen, und wenn sie von ihm sprechen gehört, so war es nur, um zu erfahren, daß er der Liebhaber der schönen Frau X. sei, oder daß er hunderttausend Frank im Baccarat verloren habe. Welch ein Unterschied zwischen ihm und Ferdinand, der sie mit Zuvorkommenheiten umgab und so sehr in sie verliebt war! Herr von Croix-Mort war brünett gewesen wie seine Tochter, Herr von Ayères war blond. Diese dunkle Vergangenheit ließ die goldige Zukunft nun um so verführerischer erscheinen. Und besaß schließlich Ferdinand denn nicht schon gewisse Rechte? Wäre es nicht höchst unklug, wollte sie die Genugthuung nicht annehmen, die er ihr in so ehrenhafter Weise anbot?

Während achtundvierzig Stunden wälzte sie diese Gedanken in ihrem Kopfe hin und her, und alle Gründe, welche sie sich gegen diese Verbindung vorhielt, steigerten nur ihr Verlangen, dieselbe einzugehen. Sie beschloß endlich, sich mit dem Abbé Levasseur, der heute auf dem Schlosse speisen sollte, zu besprechen, und war recht neugierig, zu erfahren, welchen Eindruck diese Nachricht auf ihn machen würde. Als er sich's dann im Lehnstuhl in der Kaminecke des kleinen Salons behaglich gemacht, ein Gläschen Chartreuse im Bereiche seiner Hand, ging sie an die vertrauliche Mitteilung.

Zuerst sprach sie in anerkennender Weise von den guten Eigenschaften des Herrn von Ayères, erinnerte den würdigen Priester, in welcher Weise er sich zwei Monate vorher über eine mögliche Verbindung mit ihm geäußert habe, und als sie sein verständnisvolles Lächeln gewahrte, endigte sie mit der Eröffnung, daß der Abschluß jenes Bündnisses nahe bevorstände.

»Wohlan, verehrte Frau,« sagte der Pfarrer, welcher glaubte, es sei von Edmee die Rede, »das ist ja vortrefflich ... Ich schätze mich glücklich, auch meinerseits etwas dazu beigetragen zu haben, indem ich Ihre Aufmerksamkeit auf eine Verbindung lenkte, welche die Beziehungen zwischen den zwei bedeutendsten Familien unsrer Gegend enger miteinander verknüpfen soll. Die künftigen Ehegatten sind, dünkt mir, wie füreinander geschaffen ...«

»Ein leichtes Mißverhältnis im Alter ist aber doch vorhanden,« warf Regine ein, »und ich muß gestehen, daß mir dies eine gewisse Unruhe einflößt ...«

»O, nicht doch,« entgegnete der Geistliche, welcher noch immer seinem Gedankengange folgte, »nicht doch! Ein reiferes Alter verleiht mehr Ansehen, das in einem Haushalte von großem Wert ist ... Man muß das Leben kennen, um sich vor dessen Gefahren zu schützen ... Und der Baron ...«

»O, ich weiß wohl, daß er bisher nicht so vernünftig gewesen, als er es hätte sein sollen; aber man behauptet doch stets, gerade darin liege eine Bürgschaft künftigen Glückes, denn ein Ehemann müsse vorher Abenteuer bestanden haben, um sie nicht später zu suchen. Freilich könnten Sie hier einwenden, daß Herr von Croix-Mort, der eine sehr stürmische Jugend hinter sich hatte, ein Leben voll Aufregungen fortgeführt hat ... Aber ich glaube nicht, daß ich mit Herrn von Ayères ein gleiches Schicksal zu befürchten haben werde ...«

Der Abbé, welcher seit einem Augenblicke einen Doppelsinn in den Reden der Frau von Croix-Mort herauszuhören meinte, riß die Augen weit auf und fragte sich, ob er nicht etwa träume. Es war ja, als hätte die Gräfin von sich selbst gesprochen. Er fand es angemessen, die Sachlage aufzuklären, und vorsichtig stellte er die doppeldeutige Frage: »Sieht Fräulein Edmee dieser Heirat mit voller Befriedigung entgegen?«

»Ich habe ihr noch nichts davon mitgeteilt,« erwiderte de Gräfin. »Sie begreifen, wie schwierig es für mich ist, über diesen Gegenstand mit ihr zu sprechen ... Das Mädchen hat einen sehr ungestümen Charakter, und ich besorge, daß sie sich nicht leicht in eine so völlige Umgestaltung unsres Lebens fügen wird ... Darum wünsche ich auch, daß Sie, unser beider Freund, sie auf dieses Ereignis vorbereiten mögen ...«

Jetzt war kein Zweifel mehr möglich. Der gute Pfarrer stotterte: »Gewiß, verehrte Frau, ich stehe ganz zu Ihren Diensten.«

So geneigt der Geistliche indes auch war, den Willen seiner Patronin möglichst zu berücksichtigen, konnte er doch nicht umhin, sie ein wenig zur Vernunft zu mahnen. Es war eine gar löbliche Bemühung, die der Alte jetzt unternahm, denn er sagte sich: Ich setze mich der Gefahr aus, mir für immer die Thür dieses gastfreundlichen Hauses zu verschließen, und dann, adieu meine lieben Gewohnheiten! ... jedoch die Pflicht geht über alles. Und so begann er denn alsbald unerschrocken die Uebelstände und Gefahren nachdrücklich hervorzuheben, welche die Gräfin selbst angedeutet hatte. Er fand sie jedoch fest entschlossen – sonderbar genug, schien gerade dieser Widerstand sie zu ermutigen. Auf sich selbst angewiesen, hatte sie Bedenken, Befürchtungen, Zweifel gehegt, der Widerspruch bestärkte sie in ihrem Entschluß und sie wies nun alle Einwendungen mit stolzer Zuversicht zurück.

Der Priester beharrte nicht weiter bei seinen Ermahnungen. Er fand, daß er genug gesagt, um seinem Gewissen genügt und sich seiner Verantwortlichkeit als Seelenhirte entledigt zu haben. Uebrigens konnte er ja Herrn von Ayères nichts zum Vorwurfe machen, was nicht auch der Gräfin bekannt gewesen wäre. Der Baron hatte den größten Teil seines Vermögens durchgebracht und hielt nicht viel auf Beobachtung der Religionsgebräuche. Aber wer konnte sagen, ob nicht seine Frau ihn Sparsamkeit lehren und ihn vielleicht auch religiöse Ideen beizubringen verstehen würde?

Nachdem der würdige Mann mit sich zu Rate gegangen, war es ihm sogar lieber, daß der Lebemann eine Frau heiratete, die ihre Rechte zu wahren wußte, als die kleine, unschuldige, zartfühlende Edmee. Diese Waldblume bedurfte sanfterer Pflege, einer gesünderen Atmosphäre; der leichtlebige Pariser schien ihm keineswegs, ein geeigneter Gärtner für sie. Der Geistliche übernahm die ihm von der Gräfin zugewiesene Mission, die Tochter von dem bevorstehenden Ereignisse in Kenntnis zu setzen, und bat, man möge sie am nächsten Tage zu ihm ins Pfarrhaus senden. Hierauf wünschte er der Gräfin »Guten Abend« und trat, von einem Diener mit einer Laterne geleitet, den Heimweg nach dem Dorfe an.

Um folgenden Tage lag Regine in dem kleinen Salon auf dem Sofa, als ihre Tochter vom Pfarrhofe zurückkehrte. Sie vernahm deren raschen, kräftigen Schritt in der Vorhalle und dachte, daß sie ihr wie gewöhnlich ausweichen und sich auf ihr Zimmer begeben werde. Die Thür ging jedoch auf und Edmee trat ein. Bei ihrem Anblick richtete sich die Gräfin lebhaft in die Höhe und die beiden Frauen sahen einander einen Moment lautlos an. Eine dunkle Röte überflog das blasse Antlitz der Tochter, sie senkte die düstere Stirn und wartete schweigend, als sei sie ein Richter, der von ihrer Mutter Erklärungen zu fordern hätte. Dieses Schweigen wurde der Gräfin so peinlich, daß sie es nicht länger ertragen mochte und daher gerade auf ihr Ziel losging.

»Hast du den Herrn Pfarrer gesehen? Hat er mit dir gesprochen?« fragte sie kurz, da sie nicht gesonnen war, sich mit der Kleinen, deren unbändige stolze Gemütsart sie kannte, in Unterhandlungen einzulassen.

»Jawohl,« antwortete Edmee, in deren Augen große Thränen traten.

Die Mutter bemerkte diese Thränen. Tief bestürzt eilte sie auf ihre Tochter zu, schloß sie in die Arme, drückte sie fest an sich und rief, von Rührung ergriffen: »Mein Herzenskind, mein Schatz! ... Sag' mir doch, daß ich dir nicht gar zu viel Kummer bereite ... O, du weinst ... Aber ich werde dich ja ebenso sehr lieben als bisher ... ja noch mehr ... denn ich werde dir dankbar sein ... So hör' doch, wir werden jetzt zwei sein, um dich zu lieben ... Er ist so gut! ... Du wirst ihn gleichfalls lieben ...«

Bei diesen Worten machte sich das junge Mädchen mit einer heftigen Bewegung von der zärtlichen Umarmung ihrer Mutter los, ihr Antlitz glühte vor Zorn.

»Ihn? Niemals!«

»Edmee!«

»Nein,« wiederholte sie leidenschaftlich. »Niemals, diesen Fremden, der im Hause meines Vaters alles umgestalten, alles ändern wird ... bis auf den Namen, den du trägst! ...«

In großer Erregung blickte die Gräfin auf ihre Tochter, die zornesbleich, mit haßerfüllten Augen und zuckendem Munde, an allen Gliedern bebend, dastand. Endlich fand Frau von Croix-Mort ihre Ruhe wieder und sagte in strengem Tone: »Ich erwartete andre Gefühle von dir. Ich glaubte nicht, daß du in solchem Maße feindselig gegen einen Plan auftreten würdest, dessen Erfüllung das Glück der letzten Jahre meines Lebens bilden soll ... Deinen Bitten, deinem Kummer hätte ich vielleicht viel zu gewähren vermocht, deinem Zorn und deiner Heftigkeit nichts!«

Edmee, die noch immer an derselben Stelle stand, hatte ihrer Mutter zugehört. Ein bitteres Lächeln glitt über ihre Lippen, als die Gräfin von ihren Glückshoffnungen sprach; dann aber, als sie vernahm, daß deren Entschluß unwiderruflich sei, wurde ihr Gesicht unbeweglich, wie zu Stein erstarrt. Sie nickte mit dem Kopfe, als wolle sie sagen: »Es ist gut,« und eilte ohne ein weiteres Wort hinaus. Auf der Terrasse angelangt, wendete sie sich dem Park zu, stieg bis zur Divonette hinab, warf sich auf den Rasen nieder und brach in schmerzliches Schluchzen aus.

Lange Zeit war verstrichen, seitdem sie weinend dasaß, als das Knistern eines Zweiges hinter ihr sie veranlaßte, sich umzuwenden.

Jean Billet trat ernst auf sie zu. Mitten unter ihren Thränen sah sie ihn mit einem freundlichen, traurigen Lächeln an.

»Ja, was ist denn los?« fragte der Waldhüter. »Jetzt weinen Sie gar? Was hat man Ihnen schon wieder angethan?«

Sie fuhr mit der Hand über die Augen.

»Ich habe Kummer, mein alter Billet!«

Er lehnte seine Flinte an einen Baumstamm, ließ sich auf dem Nasen an ihrer Seite nieder, sah sie mit seinen kleinen grauen Augen, die unter den langen, dichten Brauen schlau hervorblinzelten, forschend an und sagte: »Erzählen Sie mir alles.«

»O, das ist bald gethan! Du weißt, daß Mama sich niemals viel mit mir beschäftigt hat?«

Der Alte schüttelte den Kopf.

»Sie hat Sie eben nicht lieb...«

»Das will ich nicht sagen,« unterbrach ihn Edmee rasch. »Aber sie hat ihre eignen Ansichten ... und ich fürchte, niemals Verstand genug zu haben, um diese zu begreifen ... Sie kennt vieles, wovon ich nichts weiß ... und es hat ihr niemals Freude gemacht, mit mir zu plaudern. Als sie ein Kind war, hat man sie in Paris in ein Kloster gebracht, wo sie viele Lehrer hatte ... Mich hat nur der Herr Pfarrer unterrichtet, und ich glaube, daß der treffliche Mann trotz der großen Mühe, die er sich mit mir gab, mich doch nicht in allem unterwiesen hat, dessen ich bedurft hätte ... Mama sagt immer, daß ich wild und unwissend sei ...«

»Das ist nichts Böses ...«

»Sie mußte sich ein wenig meiner schämen ... mich verachten,« sprach sie unter Thränen weiter. »O, Billet, wenn du wüßtest, wie ich sie angebetet haben würde, wenn sie es gewollt hätte! ... Ich fühlte mich von ganzem Herzen zu ihr hingezogen ... Nur zuweilen ein liebevolles Wort hätte mir schon genügt ... Ich liebe ja sogar das schöne Bild meines armen Papa, der sich freilich auch nicht mit mir unterhielt, aber mir doch stets freundlich zulächelte! ...«

»Ein prächtiger Mann, Ihr Vater! ... Und was für ein Jäger! ...«

»Nun denn, sieh! ... Jetzt ist alles zu Ende. Mama hat ihn völlig vergessen und wird einen andern heiraten...«

Hier benahm ihr das Schluchzen den Atem; sie konnte kein Wort weiter hervorbringen und verbarg ihr Gesicht in den Händen. Billet war blaß geworden.

»Ah! Es ist also schon so weit? ... Ich habe es gleich am ersten Tage gewittert, daß er uns Verdrießlichkeiten bereiten wird, der hübsche Zierbengel! Aber ich fürchtete, daß er sich an eine andre, nicht an die gnädige Frau wenden werde ... So ist es besser ... Es ist also schon ganz abgemacht? ... Nun, sie treiben sich schon lange genug miteinander im Walde umher ...«

Eine dunkle Röte überzog die Stirn des kindlichen Mädchens; sie gebot Billet mit einer Gebärde Einhalt und sagte:

»Schweige! Es ist meine Mutter! ...«

Er senkte die Nase, beugte den Nacken, indem er zwischen den Zähnen unverständliche Worte murmelte, und sagte dann, sich wieder an Edmee wendend:

»Und Sie, was werden Sie jetzt anfangen?«

»Nichts! aber ich bin sehr unglücklich!«

Von neuem fing sie zu weinen an, während der Alte ihr Vernunft zuzusprechen suchte und sie mit liebevollen Worten tröstete. Sie wisse doch, daß er da sei, der alte Getreue, der sie zur Welt kommen gesehen und sie auf ihren ersten, selbständigen Ausflügen begleitet habe. Er würde sie niemals verlassen, sie brauchte nur zu ihm zu kommen und sie würden wieder miteinander den Wald durchstreifen, in dem großen, friedlichen Schweigen, wo man alle Sorgen und alle Leiden vergißt. Wenn sich je einer unterstehen sollte, sie zu quälen, so könne sie auf ihn rechnen ... und man würde dann schon sehen ...

Traurig erwiderte sie: »Nein, Billet, versuche nicht, dich aufzulehnen, ertrage alles still, wie ich. Er wird hier der Herr sein ... er würde dich fortjagen ... und ich bliebe dann ganz allem ...«

Der alte Waldhüter schüttelte mit nachdenklicher Miene das Haupt: »Er könnte mich doch nicht zwingen, diese Gegend zu verlassen. Und sicherlich, ich würde um keinen Preis von hier fortge-

hen ... Ich habe diesen Boden über alles lieb ... bin auf ihm geboren
... habe mir an ihm beim Herumlaufen manches Paar Schuhe zerris-
sen ... in ihm soll man mich auch begraben ...«

In Nachdenken versunken blieben beide schweigend sitzen, indes
der Abend sich ringsum niedersenkte und die Sonne, den Horizont
entflammend, einen glutroten Schein über das seines Blätterschmu-
ckes beraubte Gehölz breitete.

Billet erhob langsam die Augen, blickte nach dem Himmel und
sprach in ernstem Tone:

»Sehen Sie sich die Sonne an, wie rot sie heute ist! ... Es ist, als ob
sie Blut über den Wald ausgösse.«

Bei diesen Worten erbebte Edmee und ihr Herz zuckte schmerzlich zusammen, wie von einer unheilvollen Prophezeiung getroffen.
Sie schlug die Augen, die von den letzten Sonnenstrahlen geblendet
schienen, zu Boden und glaubte voll Entsetzen, ihn von blutigen
Flecken durchtränkt zu sehen. Rasch erhob sie sich. Es war ihr, als
sollte sie irgend ein Schreckenszeichen mit sich fortnehmen. Doch
plötzlich sank der purpurleuchtende Ball hinter die Baumreihen
hinab, langsam entfärbte sich das Himmelszelt, dann wurde alles
dunkel wie die Zukunft.

»Gute Nacht, Billet,« sagte das junge Mädchen. »Ich habe mich
verspätet und muß nun rasch nach Hause ... Denke nicht weiter an
all das, was ich dir gesagt, es sind lauter Dummheiten.«

»Warum nicht gar!«

»Ich habe mich schwach gezeigt, aber es soll nicht wieder vor-
kommen ... Du aber sei vorsichtig und vor allem ein wenig artig.«

»Vielleicht.«

»Adieu!«

Sie durchschritt den Park, und als sie vor dem Schlosse anlangte,
sah sie die Fenster des Salons erleuchtet und gewahrte den Schat-
tenriß eines Mannes, der sich auf den Gardinen abzeichnete. Sie
stieß einen Seufzer aus, stieg aber entschlossen die Freitreppe empor und trat ein. Herr von Ayères war in der That anwesend. Er trat
dem jungen Mädchen aufs freundlichste entgegen und reichte ihr
die Hand. Sie aber gab sich den Anschein, als hätte sie seine Bewe-

gung nicht bemerkt, erwiderte kalt seinen Gruß und wendete sich dann ihrer Mutter zu, die sie angstvoll beobachtete.

»Ich bitte um Entschuldigung, Mama, ich habe mich im Park verspätet ... Ich hatte Kopfschmerzen, doch die frische Luft hat mir gut gethan ... Uebrigens hat ja auch die Glocke noch nicht zu Tisch geläutet ...«

»Man ließ sich etwas länger Zeit, weil ein Gedeck mehr aufgelegt wurde,« erwiderte die Gräfin. »Herr von Ayères macht uns das Vergnügen, heute abend bei uns zu bleiben.«

Edmee machte keine freundliche Gebärde, sprach kein Wort der Zustimmung; sie setzte sich, nahm eine Arbeit zur Hand und schien die Gegenwart des Mannes, den sie so sehr haßte, nicht weiter zu beachten. Während die Gräfin an Ferdinands Arm nach dem Speisesaale schritt, flüsterte sie ihm in flehendem Tone zu:

»Ich bitte Sie, haben Sie Nachsicht mit dem Kinde ...«

»Ich finde sie sehr vernünftig,« entgegnete er. »Man darf an einem Tage nicht zu viel fordern. Sie hat mir kein allzu saures Gesicht gemacht ... Es liegt eben jetzt an mir, mich bei ihr beliebt zu machen... Ich werde es mir angelegen sein lassen, halten Sie sich dessen versichert.«

Regine warf ihm einen Blick liebevoller Dankbarkeit zu und ließ ihn an ihrer Seite Platz nehmen. Die Mahlzeit ging ohne Störung vorüber. Der Baron plauderte viel in seiner ungezwungenen, freundlichen Weise, wogegen Edmees Stimme sich kein einziges Mal vernehmen ließ. Nach dem Dessert stand sie auf, verneigte sich vor ihrer Mutter und Herrn von Ayères und zog sich zurück.

Das Benehmen des Fräuleins von Croix-Mort wirkte denn doch etwas befremdend auf den schönen Ferdinand. Auf der Heimfahrt vergegenwärtigte er sich bei einer Cigarre und dem leichten Schaukeln des Gefährtes den Gesichtsausdruck des jungen Mädchens und mußte zugeben, daß das kleine »Schwarzköpfchen« nichts weniger als freundlich ausgesehen hatte. Aber was lag daran! Wenn sie die Widerspenstige spielen wollte, würde man sie in eine Erziehungsanstalt bringen, und damit wäre alles abgethan. Es würde ihm nicht schwer fallen, sie der Gräfin als lästig darzustellen und sich ihrer zu entledigen.

Am folgenden Tage kam er wieder, um der Gräfin jetzt in aller Form den Hof zu machen. Er musterte das kleine Schwarzköpfchen, wie er Edmee nannte, und gewahrte zu seinem Verdruß, daß dieses fast ebenso groß war als ihre Mutter. Jedenfalls mochte sie schon nahe an sechzehn Jahre sein, dazu war sie kräftig, wie alle auf dem Lande erzogenen Mädchen, hatte breite Schultern, einen mageren, etwas platten Wuchs, derbe, sonnengebräunte Hände, aber unter einer gewölbten, willenskräftigen Stirn ein paar leuchtende Augen mit langen, gebogenen Wimpern, wie er sie noch niemals gesehen.

Ihr gehässiges, verschlossenes Wesen blieb sich immer gleich, ebenso wie ihr stetes Stillschweigen, das nur durch die Anforderungen der Höflichkeit zuweilen unterbrochen wurde; auch zeigte sie stets dieselbe Lust, bei seinem Erscheinen aus dem Salon zu flüchten.

»Wenigstens verbirgt sie ihre Karten nicht,« sagte er heiter, »und man weiß, woran man mit ihr ist.«

Indessen lag doch in dieser kalten, überlegten Zurückhaltung eine Beharrlichkeit, die so wenig in dem Wesen eines solch jungen Geschöpfes lag, daß der Baron sich einer Empfindung unbestimmter Besorgnis nicht erwehren konnte. Er fühlte beständig Edmees Augen beobachtend auf sich gerichtet. Wenn er sie fest ansah, wendete sie ihre Blicke ab, doch gleich darauf fing sie ihn von neuem zu belauern an. Er wollte versuchen, wie er es der Gräfin versprochen, sich bei der Kleinen beliebt zu machen; er war aufmerksam, liebenswürdig, brachte ihr aus Paris, wohin er der nötigen Familienpapiere wegen gereist war, einen sehr schönen Arbeitskorb, mit goldenen Nähutensilien. Sie dankte, stellte den Korb auf einen Tisch und – am nächsten Tage bemerkte der Baron, daß sie denselben noch nicht einmal geöffnet hatte. Er konnte sich nicht über offenen Widerstand ihrerseits beklagen, ihr Benehmen war äußerlich vollkommen korrekt, aber kalt wie Marmor. Dadurch entmutigt, bemühte er sich nicht weiter um ihre Neigung. Die Gräfin hatte bereits alle Mittel aufgeboten, um diesen unbeugsamen Charakter gefügiger zu machen. Liebe und Zärtlichkeit hatten Edmee Thränen entlockt, vermochten aber nicht, sie nachgiebiger zu stimmen. Mit unversöhnlicher Logik entgegnete sie: »Je liebreicher und zärtlicher du gegen mich bist, desto peinlicher ist es mir, daß du einen Teil dieser Liebe, und vermutlich den größten Teil, einem Fremden widmen wirst ...«

Eines Tages ließ sich Frau von Croix-Mort hinreißen, diese Frage ausschließlicher Zuneigung, welche ihre Tochter zu beanspruchen sich für berechtigt hielt, zu erörtern, indem sie entrüstet erklärte: »Das Leben einer Frau wird ja doch nicht von der mütterlichen Liebe allein ausgefüllt, es gibt auch eine eheliche Liebe ...«

Edmee sah ihre Mutter mit kaltem Blicke an. und erwiderte: »Ja, doch nur ein einziges Mal!«

Die Gräfin erbleichte und getraute sich nicht, das Gespräch fortzusetzen. Es war mithin diese Nachfolge, welche man dem verstorbenen Vater geben wollte, was die Kleine abstieß. Es erregte ihre Mißbilligung, daß ihre Mutter dem toten Gatten nicht länger die Treue bewahrte, und sie sprach ihre Meinung offen aus. Der Kampf zwischen Mutter und Tochter nahm infolge dieser Aeußerungen einen derart leidenschaftlichen Charakter an, daß Frau von Croix-Mort in heftigen Zorn geriet, was Edmee wieder ihrerseits außer sich brachte, sie die schuldige Rücksicht vergessen ließ, und Entgegnungen hervorrief, welche ihr nicht verziehen werden konnten.

»Weshalb sollte ich dir denn meine Freiheit zum Opfer bringen,« rief eines Abends die Gräfin erregt aus, »wenn du mir zu Gefallen nicht deine völlig unbegründete Voreingenommenheit aufgeben willst? Bin ich etwa verpflichtet, die Großmütigere zu sein?«

»Vielleicht solltest du die Vernünftigere sein.«

»Was willst du damit sagen?«

Edmee schien einen Moment unentschlossen, ihre Wangen bedeckten sich mit Röte, ihre Augen blickten düster, man hätte das heftige Pochen ihres Herzens an dem Wogen ihres Kleides bemerken können. Endlich sprach sie mit einer Kühnheit, zu der sie sich bis jetzt noch niemals aufzuraffen vermocht hatte: »Ich meine, daß du blind sein mußt, um nicht zu sehen, daß derjenige, um dessentwillen du alles hintansetzest, ein Heuchler und Lügner ist. Wenn er mit dir spricht, achtest du bloß auf den Sinn seiner Worte, du hörst nicht, ob sie wahr oder falsch klingen. Er spricht zärtlich mit dir, und das genügt dir ... Ich aber, die ich ihn nicht nur anhöre, um ihm Beifall zu spenden, ich fühle es, daß er lügt; ich, die ich ihn nicht nur beobachte, um ihn zu bewundern, ich sehe, daß er bloß eine Rolle spielt ... Er hintergeht dich.«

»In welcher Absicht?«

»Jedenfalls in einer eigennützigen.«

Und mit einer ironischen Betonung, die ihre Mutter wie ein Peitschenhieb traf, fügte sie hinzu: »Uebrigens solltest du dies lieber mit deinem Notar besprechen.«

»Ich weiß, was ich zu thun habe,« entgegnete die Gräfin, vor Aufregung zitternd. »Was dich betrifft, so verzichte ich, dich zu bessern Gefühlen zurückzuführen. Dein Benehmen wird ein weiteres gemeinschaftliches Leben zwischen uns unmöglich machen. Wir werden uns demnach trennen müssen.«

Frau von Croix-Mort hatte sich diese Drohung als letztes Mittel bewahrt. Sie hoffte, Edmee zu beugen und sie zu etwas mehr Zurückhaltung und größerer Sanftmut zu bewegen. Das junge Mädchen verzog keine Miene, ihre Lippen zitterten kaum merklich, indes sie mit niedergeschlagenen Augen erwiderte: »Das habe ich vorausgesehen. Wenn ich recht verstanden habe, was in meiner Gegenwart gesprochen wurde, so gedenkt ihr, euch in Paris niederzulassen, um dort den Winter zu verbringen. Ich wünsche auf Croix-Mort zu bleiben. Rosalie und ihr Mann werden das Hauswesen besorgen, und ich werde so zufrieden leben, als ich es zu sein vermag. Unser guter Pfarrer wird mir Gesellschaft leisten, und zudem langweile ich mich niemals, wenn ich allein bin.«

»Ich werde dich nicht mit Entziehung deiner Freiheit strafen, indem ich dich in eine Erziehungsanstalt nach Paris gebe, wie ich es könnte und vielleicht thun sollte. Die Schroffheit deines Charakters zu mildem, würde ein Zusammenleben mit Fremden erforderlich sein; aber ich will den Kummer, den du zu empfinden vorgibst, berücksichtigen und deiner Gemütserregung die Schuld an den Bosheiten zumessen, die du mir sagst. Bleibe also hier, da du es nun einmal so wünschest; ich hoffe, daß dir eine ruhige Ueberlegung von Nutzen sein wird. In jedem Falle, und ich sage dies auch im Namen des Herrn von Ayères, kannst du sicher sein, daß es dich nur ein Wort kostet, um von uns so aufgenommen zu werden, als ob nichts zwischen uns vorgefallen wäre.«

Edmee neigte stumm den Kopf als Zeichen des Dankes und zog sich ohne ein weiteres Wort zurück.

Von diesem Abende an gab es keine Erörterungen und keine Zwistigkeiten mehr. Der Stoff war erschöpft. Frau von Croix-Mort, welche jetzt den künftigen Verbleib ihrer Tochter, sowie deren Vermögensverhältnisse geordnet hatte, glaubte nun, ihrer Pflicht vollständig Genüge geleistet zu haben.

Der Vermählungstag nahte heran. Die Trauung sollte in der kleinen Kirche von Clairefont in alleiniger Gegenwart der Zeugen stattfinden, und noch am selben Abend wollte man die Reise nach Paris antreten. Regine hatte es so gewünscht, und Ferdinand hatte sich willig in ihr Begehren gefügt. Am Vorabend trat die Gräfin in das Zimmer ihrer Tochter, um irgend einem unsinnigen Streiche, den sie von seiten Edmees befürchtete, vorzubeugen.

»Morgen dürften wir wohl kaum Zeit finden, uns zu sprechen,« begann sie, »und ich wollte doch noch einmal freimütig zu deinem Herzen reden ... Du hast mir großen Kummer gemacht, mein liebes Kind; ich setze nicht wie du meinen Stolz darein, nicht zu weinen, sondern ich gestehe dir, daß du mich viele Thränen gekostet hast. .. Aber ich hoffe wenigstens, daß unsre Uneinigkeit geheim bleibt und nicht klatschsüchtigen Zungen preisgegeben wird ... Morgen werden wir uns in der Oeffentlichkeit befinden ... ich erwarte, daß du mir nicht neue Ursache zur Betrübnis geben wirst ...«

»Sei unbesorgt, Mama,« erwiderte Edmee ... »Ich habe alles gethan, was in meiner Macht stand, um dich von deinem Vorhaben abzubringen ... Wenn du darunter gelitten hast, so bitte ich dich, es mir zu verzeihen ... es geschah keineswegs aus Bosheit ... Ich wünsche von ganzer Seele, daß du deinen Schritt niemals bereuen mögest ... Niemand wird so innig wie ich zu Gott beten, daß er jedes Unheil von dir fernhalte ...«

Hierauf umarmte sie ihre Mutter und geleitete sie mit der größten Ruhe bis zur Thür, doch als sie allein war, warf sie sich mit einem Schrei der Verzweiflung auf ihr Bett und weinte lange Zeit bitterlich. Frau von Croix-Mort, auf die die Worte ihrer Tochter einen tiefen Eindruck gemacht hatten, verbrachte die Nacht in fürchterlicher Aufregung. Sie wurde von entsetzlichen Träumen heimgesucht, in denen sie von dem schönen Ferdinand gefoltert wurde und keinen andern Zufluchtsort finden konnte, als bei Edmee.

Des Morgens erhob sie sich wie gebrochen an allen Gliedern, und zum erstenmal fand sie in ihrem Innern das unerschütterliche Vertrauen nicht wieder, das sie bisher beseelt hatte. Doch fand sie keine Muße, dieser peinlichen Empfindung nachzuhängen. Der Vormittag verrann schnell wie ein Traum. Vor dem Maire von Clairefont, ihrem Pächter, sprach sie feierlich ihr »Ja«, unterzeichnete das Register, ließ sich mit liebenswürdiger Freundlichkeit von dem Alten küssen, durchschritt eine Gruppe von fünfzig oder sechzig Personen, die vor der Thür des Gemeindehauses umherstanden, und betrat die Kirche unter dem Geläute aller Glocken, von denen eine, die von ihrem ersten Gatten gespendet worden, sie zur Patin hatte.

Der Vorhof war düster, indes der hellerleuchtete, mit Laubgewinden und Blumen geschmückte Altar im Hintergrunde erstrahlte. Ein Teppich bedeckte die Steinfliesen, auf denen Regine vier Monate früher den Schritt des schönen Ferdinand vernommen hatte. An jenem Tage hatte ihre Tochter ihr zur Seite gesessen, und sie hatte sie zur Andacht ermuntern müssen, weil sie neugierig den Gutsnachbar musterte, statt der Messe zu folgen. Wie anders war es heute! Jetzt war es Herr von Ayères, der neben ihr in stolzer, vornehmer Haltung vor dem samtnen Betpulte stand, während Edmee, von ihr getrennt, sich abseits hielt, und, wie sie es versprochen, für das Glück ihrer Mutter betete, die plötzlich eine Fremde für sie geworden.

Ein Gefühl peinlicher Unruhe überkam die Gräfin, ihr Herz zog sich in schmerzlicher Angst zusammen. Jetzt ertönte die Glocke des Chorknaben zur Erhebung der Hostie und mechanisch verneigte sich Regine. Im selben Momente vernahm sie ein Schluchzen, sie schlug die Augen auf und gewahrte Edmee, in dem gutsherrlichen Kirchenstuhl kniend, welchen die Familie der Croix-Mort seit zwei Jahrhunderten in der Kirche innehatte. Das Mädchen hatte ihr Haupt so tief gesenkt, daß die Bank leer zu sein schien. Keiner der Diener hatte gewagt, an ihrer Seite Platz zu nehmen, nur Jean Billet stand neben ihr, seine athletische Gestalt hoch aufgerichtet, offenbar bereit, Edmee zu beschützen. Allein und einsam saß das Kind an dem alten Familienplatz.

In diesem Augenblicke fragte sich Regine, ob sie ihre Pflicht an ihrem Kinde auch wirklich erfüllt habe, ob sie ihre Tochter genug geliebt, der sie doch nur den einzigen Vorwurf machen konnte, daß sie ihrem Vater zu sehr glich; ob sie deren Ruhe gesichert und für ihr Glück hinlänglich gesorgt habe. Aufregende Angst bemächtigte sich ihrer Seele und eine reuige Empfindung erfüllte ihr Herz mit Bitterkeit.

Eine plötzliche Müdigkeit befiel sie und erinnerte sie, daß sie nicht mehr jung sei. Die Illusionen, die ihr am Arme eines zweiten Gatten zahllose Freuden vorgespiegelt hatten, verflogen gleich leichten Nebeldünsten, und wie in einem Traumgebilde lag der große Salon des Schlosses Croix-Mort vor ihr. Sie sah sich selbst darin, in vorgerücktem Alter, mit ergrautem Haar; lächelnd saß sie da, indes zwei Kinder, deren Großmutter sie war, auf dem Teppich spielten. Durch die Glasthür blickte sie auf die Terrasse hinaus, wo ein liebendes Paar lustwandelte. Es war Edmee und ihr Gatte, die sich eines ungetrübten Daseins erfreuten und durch ihr Glück die selige Heiterkeit ihres Alters sicherten.

Dieses Bild war so lieblich, so frisch, so friedensvoll, daß sie ihre Blicke nicht abwenden konnte. Gleichzeitig flüsterte eine innere Stimme ihr zu: »Das wäre wahres Glück gewesen, welches zu genießen nur von dir abhing. Du hättest, um es dir zu sichern, nur nicht Chimären nachjagen, dich nicht ins Blaue verirren sollen, sondern bloß hübsch ruhig auf der Erde zu bleiben gebraucht. Du hattest eine Tochter, die es dir verschaffen konnte. Sie hätte dir ihre Kinder gleich lebenden Blumen auf den Schoß gesetzt, und dein nach dem Idealen dürstendes Herz hätte selige Freuden genossen. Du aber begehrtest eine andre Liebe. So schreite denn jetzt auf dem Wege, den du dir selbst gewählt, dahin, und beklage dich nicht, wenn du ihn oft rauh und abschüssig findest.

Eine Rauchwolke stieg empor, die letzten Worte des Priesters schlugen an Regines Ohr. Das entzückende Traumgebilde verschwand und vor ihren Augen sah sie nur noch den schönen Ferdinand, der ihr zulächelte und seinen goldblonden Bart strich. Was nun folgte: der Besuch in der Sakristei, um dem Pfarrer zu danken; die Begrüßung der Bauern, welche sie mit Blumensträußen vor dem Thor erwarteten; das Frühstück, welches den Pächtern der Besitzung auf der Schloßterrasse gereicht wurde; die letzten in der Eile getroffenen Anordnungen – all dies verlor sich in der fieberhaften Aufregung der Abreise.

Klar und lebendig verblieb in Regines Erinnerung nur der ernste Abschiedsgruß und der traurige Blick ihrer Tochter, die, auf dem Trittbrett des Wagens stehend, sie nochmals in die Arme schloß, und der mürrische Ausruf des Herrn von Ayères, welcher, die gewohnte Höflichkeit beiseite lassend, unwillig drängte: »So macht doch einmal ein Ende! Wir werden noch den Zug versäumen!«

Die Wagenthür fiel zu, die Pferde enteilten, Edmee blieb zurück. Das Schloß verschwand, die Bäume der Allee zogen gleich flüchtigen Gespenstern vorüber und die staubige Heerstraße wurde sichtbar, jene erträumte Straße, die der Vernunft den Rücken kehrte und zu den ersehnten Phantasiegebilden führte.

# Siebentes Kapitel

Die erste Zeit ihres einsamen Lebens war für Edmee eine ungemein peinliche. Sie irrte in den weiten, verödeten Gemächern des Schlosses umher, wie eine Seele in der Verdammnis. Die Qualen der letzten Wochen, so herb und schmerzlich diese auch gewesen, dünkten ihr noch ürträglicher, als ihr jetziger Zustand; denn jene waren doch wenigstens vom Atem des Lebens durchweht gewesen, dieses Schweigen aber, diese Einsamkeit glich der Ruhe des Grabes. Mehrere Tage hielt sie sich allein in ihrem Zimmer auf, ließ sich Frühstück und Mittagbrot heraufbringen und lebte hier, umgeben von den altvertrauten Gegenständen, ausschließlich ihren Erinnerungen, indem sie sich den Vorstellungen ihrer Phantasie hingab, die ihr vorspiegelte, sie brauche sich nur in den Salon hinabzubegeben, um dort ihre Mutter zu finden, wie sie nach ihrer Gewohnheit auf dem Sofa ruhend einen Roman läse.

»Sie thun unrecht, nicht auszugehen, gnädiges Fräulein,« sagte die alte Rosalie zu ihr. »Sie werden eine blasse Gesichtsfarbe bekommen. Es ist draußen eine angenehme trockene Kälte. Wenn Sie wenigstens nur bis zum Teich gehen wollten, um die Schwäne zu füttern! Den armen Tieren geht es gerade so wie Ihnen; die Zeit wird ihnen lang, weil sie niemand zu sehen bekommen.«

Billet, der jeden Tag unter ihrem Fenster erschien und sich nicht getraute, mit seinen schmutzigen Schuhen die Freitreppe des Schlosses emporzusteigen, spähte, die Nase in der Luft, umher, als wolle er ihr ein Ständchen bringen. Endlich schämte sich Edmee ihrer Schwäche und sing an, ihr Leben in gewohnter Weise fortzuführen. Sie ging mit großem Eifer an die Arbeit und zeichnete und malte bis zum zweiten Frühstück; nachmittags machte sie einen Spaziergang oder einen Ausflug zu Wagen. In der Remise hatte sie ein kleines, zweirädriges Wägelchen von lackiertem Holze entdeckt, welches Billet mit einem zwar ein wenig alten, aber sehr frommen Pony bespannte.

Nun unternahm sie ganz allein kleine Rundfahrten in der Umgegend, trat bei den Notleidenden ein, spendete Hilfe, beschäftigte sich mit den Kindern der Armen und fuhr wieder weiter, von einem Chor von Segenswünschen begleitet.

Ihre Mutter schrieb ihr anfangs siegesfrohe Briefe voll Festesglanz und Saitengetön, die vor den Augen der Verlassenen Bälle, Opernabende und Spazierfahrten im Bois wie in einem Traumgebilde vorüberwallen ließen und ihr das ganze prachtliebende, ungezügelte, entnervende Pariser Leben in glühenden Schilderungen vorzauberten, welche dem jungen Mädchen einen tieftraurigen Eindruck hinterließen.

War diese Frau, die sich über Hals und Kopf in jenen mit so viel Wohlgefallen geschilderten Vergnügungsstrudel stürzte, ihre Mutter, oder war es ein junges Weltkind, welches, eben erst in dieses Genußleben eingeführt, das Dasein in vollen Zügen schlürfte und sich allen wahren oder falschen, alltäglichen oder raffinierten Freuden mit gleicher Lust hingab? Edmee, welche nicht die geringste Kenntnis von jenen Kreisen besaß, die man in Paris die Gesellschaft nennt, und nicht den leisesten Begriff, auf welch ungeheuerliche Weise diejenigen, welche deren Elemente bilden, ihre Kräfte vergeuden, geriet in höchstes Erstaunen.

Es dünkte ihr, als seien alle diese Leute von Wahnsinn ergriffen. Alle diese Vergnügungen, die in ununterbrochener, sinnloser Aufeinanderfolge ohne Ueberlegung, ohne Rast, mit Aufopferung des Schlafs genossen werden; dieses tolle Haschen, diese Jagd nach allem, was Zerstreuung bieten kann, die von Menschen, welche nur noch durch nervöse Erregung leben, in einer Art von Somnambulismus unternommen wird, verblüfften das junge Mädchen. Die Briefe ihrer Mutter ermüdeten sie; nachdem sie die Schilderung so vieler Bälle gelesen, fühlte sie Arme und Beine wie zerschlagen, als hätte sie selbst die ganze Woche hindurch jede Nacht getanzt. Sie glaubte die blauen, die rosenfarbenen und weißen Kleider flattern zu sehen, die Klänge der Tanzmusik zu vernehmen, die von fernher in verschwommenen Accorden bis zu ihr zu dringen schienen.

Dieses bösartige Fieber übte demnach sogar aus der Ferne seine aufregende Wirkung auf sie aus. Wie mußte es erst in der Nähe sein? Sie fühlte sich von einer heftigen Abneigung gegen dieses Pariser Leben erfaßt, das ihr leer, nichtig, voll eitlen Flitters erschien, gleich dem duftigen Kleide einer Tänzerin, das abends ein schimmernder Schmuck, am nächsten Morgen ein elender Lappen ist. Was blieb von einem solchen Leben? Ueberdruß und Uebermüdung, wie von der glänzenden Hülle Lumpen zurückbleiben.

Frau von Ayères' Briefe flossen von dem Lobe ihres Gatten über; sie war stolz auf seine Erfolge und verglich ihn voll freudiger Genugthuung mit den Männern seiner Umgebung. Es sei dem schönen Manne mit dem schlanken Wuchse, den breiten Schultern ein Leichtes, alle seine Genossen zu überflügeln; ja es lag sogar etwas von geheimer Eifersucht in der Art, wie sie Ferdinand als sehr gesucht um seiner guten Laune und seines feinen Anstandes willen hinstellte. Sie schien zu besorgen, daß er es bei den Frauen in zu hohem Grade sei. Jedenfalls konnte man ohne ihn kein gelungenes Fest geben. Er war wie früher Vortänzer der Kotillons, da er es gewagt hatte, sich den wenigen Ehemännern, die dem Tanze huldigen, beizugesellen. Sie hatten eine reizende Wohnung auf dem Boulevard Malesherbes inne und einmal in der Woche sahen sie Gäste bei sich zu Tische. Jetzt trug man sich mit der Absicht, eine Theatervorstellung zu geben, und für den Karneval wurde ein Kostümball geplant.

»Komm zu uns, mein liebes Kind,« schrieb Frau von Ayères, »zweifle nicht, daß uns Dein Kommen Freude bereiten würde; die trübselige Wildnis von Croix-Mort taugt nicht für ein Mädchen Deines Alters; da könntest Du lieber gleich in ein Kloster treten. Du mußt die Gesellschaft sehen und sie kennen lernen. Sie wird einem Waldkinde, wie Du es bist, anfangs vielleicht fürchterlich erscheinen, sie besitzt jedoch so starke und so vielfache Reize, daß Du sie bald liebgewinnen und unentbehrlich finden wirst. Wir müssen anfangen, an Deine Vermählung zu denken. Du wirst doch hoffentlich keinen Bären aus unsrer Provinz heiraten und nicht immer in der Einöde unter Bauernlümmeln leben wollen? Du mußt Dich für ein andres Leben vorzubereiten suchen. Beginne gleich mit Deiner Erziehung, stürze Dich beherzt in den großen Riesenkrater; denke nicht, daß er eine Hölle sei, in welcher man verbrennt. Wenn einem in Wirklichkeit etwas heiß darin wird, so ist es doch nur vor lauter Vergnügen.«

Diese Briefe, in denen die plötzlich erwachte Genußsucht ihrer Mutter so klar zu Tage trat, betrübten Edmee aufs tiefste. Eine schmerzliche Bitterkeit beschlich sie bei dem Gedanken, daß die arme, vom Taumel des Vergnügens bethörte Frau daran denken konnte, ihre Tochter an ihrem elenden Dasein beteiligen zu wollen. Sie faßte jetzt eine noch größere Vorliebe für die »trübselige Wildnis« von Croix-Mort und für die »Bauernlümmel«, welche ihre tägliche Gesellschaft bildeten, und konnte sich nicht erwehren, ihre Mutter mit deren leichtfertigem Gehaben lächerlich zu finden.

Dieses Jugendlichthun, wenn man nahe an den Vierzig war, riefen ihr unwillkürlich ein Bild aus einem Buch ins Gedächtnis zurück, das sie als kleines Kind besessen hatte. Es war ein Holzschnitt, der eine alte Engländerin darstellte mit einem riesigen Blumenkranz im Haar und hohen Stöckelschuhen, in der linken Hand die Schleppe ihres Ballkleides haltend, die rechte in schmachtender Stellung auf die Schulter ihres Tänzers gestützt. Sie sah ihre Mutter unter den Zügen der Engländerin, und die Karikatur mit ihrem Schöngethue zog mit dem Antlitz der Frau von Ayères an ihrem innern Auge vorüber. Den schönen Ferdinand fand sie mehr gefährlich, als lächerlich. Eine Ahnung sagte ihr, daß ihr von diesem Manne Gefahr drohe. Was für eine? Das wußte sie nicht, aber sie konnte sich eines Argwohns nicht entschlagen. Der schmeichelnde Ton seiner Stimme, der zur Verführung der sentimentalen Regine so viel beigetragen, hatte vom ersten Tage an dem Ohre Edmees widerwärtig geklungen, und sein schöner, goldblonder Bart dünkte ihr rot, wie der des Judas.

Sie sollte nach Paris gehen, in der geräuschvollen, bewegten, erkünstelten Welt leben, die ihre Mutter schilderte, einen Zierbengel nach dem Muster des Herrn von Ayères heiraten, dessen einzige Beschäftigung die wäre, sich anzukleiden, seine Hände zu pflegen und den ganzen lieben Tag Nichtigkeiten zu plappern bis zum Abend, wo er den Kotillon anführte? O, da waren ihr schon die mit Schnee bedeckten Bäume des Parkes lieber, das geheimnisvolle Schweigen der Fluren, das ruhige, arbeitsame Leben, das sie sich einzurichten verstanden hatte, und die Unterhaltung mit dem alten Billet.

Sie beantwortete die Briefe ihrer Mutter in höchst lakonischer Weise, indem sie sich den Anschein gab, als widme sie sich ausschließlich praktischen Dingen, schilderte, alle Vorkommnisse in der Landwirtschaft aufs eingehendste und antwortete mit Pflügen,

Eggen und der Aussaat, wenn man ihr von Putz, Musik und Tanz sprach. Da sie jetzt, seit sie allein auf Croix-Mort weilte, frei über ihre Zeit verfügte, so konnte sie sich, ohne einen Verweis befürchten zu müssen, zu jeder beliebigen Tageszeit im Freien ergehen. Die weite Ebene mit ihren Feldern und Wiesen hatte sie vollends bezaubert, sie fand in ihr fesselnde, ungeahnte Schönheiten.

Abends, wenn die Sonne am Horizont untergegangen war und die Dunkelheit fast unmittelbar darauf eintrat, blieb sie oft sinnend stehen, regungslos im Anschauen der Wolken versunken, die mit erstaunlicher Raschheit vom tiefsten Rot in helles Rosa übergingen. Gelbe Streifen breiteten sich neben grünen aus, und das Blau des Himmels tönte sich in violetten Tinten ab, als hätte die Glut des Gestirns die eisige Luft geschmolzen. Dunkle Schatten, in denen alle Umrisse verschwammen, senkten sich auf die Erde herab, und nur auf dem noch hellen Hintergrunde des bewölkten Himmels zeichneten sich die schwarzen Wälder ab und begrenzten gleich einer Riesenmauer den Gesichtskreis.

In den vereinzelten Häusern wurde das Herdfeuer angezündet und von der Straße her vernahm man das Gerassel eines nach dem Gehöft heimkehrenden Wagens, vermischt mit dem Schellengeklingel der Pferde. Alles ringsumher atmete tiefen Frieden, und während die Sterne über ihrem Haupte zu funkeln begannen, dachte Edmee traurigen Herzens an ihre Mutter, die um diese Stunde sich zu einer jener Festlichkeiten ankleidete, die ihre ruhelosen Nächte verschlangen.

Nachdenklich schritt sie langsam am Wege dahin, zuweilen von einzelnen Stimmen begrüßt, die ihr aus dem Dunkel einen freundlichen »Guten Abend« zuriefen. Ins Schloß zurückgekehrt, speiste sie und schlief sodann, ermüdet von der wohlthuenden Bewegung, einen traumlosen Schlaf.

Abbé Levasseur kam, seiner Gepflogenheit gemäß, jeden Sonntag, um mit ihr zu Mittag zu speisen. Er behandelte sie nicht mehr als Kind. Das Weib in ihr war erwacht und hatte sich durch einen geraden, starken Verstand Achtung verschafft. In schweigender Uebereinstimmung wurde des Herrn von Ayères in den Gesprächen zwischen dem Priester und dem jungen Mädchen stets nur flüchtig Erwähnung gethan und über seine Heirat auch nicht die leiseste Andeutung gemacht. Es war dies eine heikle Angelegenheit, die unerörtert blieb; man hatte sie auf den Index gesetzt. Bei seinem Kommen pflegte der Pfarrer gleich nach den ersten Begrüßungen zu fragen: »Befindet sich Ihre liebe Frau Mama immer wohl?« worauf Edmees Antwort in der Regel lautete: »Ich danke, Herr Pfarrer, es geht ihr gut.«

Damit war der Höflichkeit Genüge gethan, und der würdige Priester konnte die unschuldigen Freuden des Abends in Frieden genießen. Im Augenblicke des Fortgehens, ehe er dem Diener folgte, der in der Vorhalle mit der Laterne in der Hand wartete, um ihn wie gewöhnlich zu begleiten, sagte er mit einer ehrfurchtsvollen Verbeugung:

»Vergessen Sie nicht, mich der Frau Gräfin zu empfehlen, wenn Sie ihr schreiben.«

Edmee lächelte, reichte ihm seinen breitkrämpigen schwarzen Filzhut und erwiderte: »Ich werde es gewiß nicht unterlassen, Herr Pfarrer. Hüllen Sie sich gut ein, die Kälte muß heute abend schneidend sein.«

Und der treffliche Priester ging ruhig seines Weges.

Inzwischen erlebten beide einen großen Kummer: der alte Glasmaler starb. Er war siebenundachtzig Jahre alt geworden und entschlief eines Tages sanft und schmerzlos. Der Abbé empfand ein Weh gleich dem einer Mutter, die ihren Säugling verliert, als er den armen Kranken, den er wie ein wirkliches Kind gehätschelt hatte, leblos daliegen sah. Die liebevolle Sorgfalt, mit der er ihn gepflegt, hatte ihn dem guten Pfarrer nur noch teurer gemacht. Er hatte ihn um so lieber gewonnen, je mehr die Anforderungen wuchsen, die der Alte an ihn gestellt.

Dieser späte Tod war eigentlich eine wahre Erlösung. Der Pfarrer aber fühlte sich darüber untröstlich. Er fand in Edmees Herzen eine gleiche, aufrichtige Betrübnis, und so beweinten beide gemeinschaftlich den alten Künstler.

Fräulein von Croix-Mort ließ in den Treibhäusern die schönsten Blumen abschneiden und schmückte das Sterbezimmer mit denselben. Sie schritt als Erste hinter dem Sarge, der von vier Mitgliedern des Kirchenvorstandes getragen wurde, und harrte bis zum Ende aus bei dem armen Abbé, der seinem Vater als Sohn und als Priester die letzten Pflichten erweisen mußte. Sodann, nach Beendigung der erschütternden Ceremonie, folgte sie ihm in die Sakristei, sprach ihm in der feinfühligsten Weise Mut zu und nahm ihn mit sich aufs Schloß, während seine Leute im Pfarrhofe alles wieder in Ordnung brachten.

Als sie in den nächstfolgenden Tagen wahrnahm, daß er müßig sei, weil es ihm nicht gelingen wollte, seine Zeit auszufüllen, überredete sie ihn, mit ihr einen Ausflug in die Umgebung zu machen. So brachte sie ihn allmählich dahin, sein gewohntes Leben wieder aufzunehmen, und übte einen großen Einfluß auf den guten Pfarrer aus, der bei verschiedenen Anlässen sagte: »Fräulein von Croix-Mort ist ein Mädchen von durchaus überlegenem Verstande und vorzüglichen Eigenschaften.«

Und so verhielt es sich auch in der That. Um die bedeutenden Fähigkeiten dieses Mädchens zur Entwickelung zu bringen, hatte man es bloß sich selber zu überlassen gebraucht. Sie besaß jetzt einen klaren, durchdringenden Verstand, der nur vielleicht etwas zu sehr zum Ernst neigte und sich den Phantasien der Jugend zu wenig überließ.

Ihr wirklicher Charakter trat jetzt, von der kindlichen Unbefangenheit losgelöst, vollständig ausgebildet zu Tage. Sie hatte gleichzeitig etwas von ihrer Mutter und etwas von ihrem Vater: von der einen den Ordnungssinn und einen gewissen Hang zum Träumen, von dem andern die Leidenschaftlichkeit und Heftigkeit der Empfindung. Ihr zugleich ungestümes und kaltes Wesen war eines gewaltigen Hasses fähig und auch im stande, diesen Haß mit entsetzlicher Ruhe zu beherrschen.

Für den Augenblick haßte sie niemand. Ein tiefer Friede war über sie gekommen. Der Unwille, den das Eindringen des schönen Ferdinand in ihr Leben und das ihrer Mutter bei ihr hervorgerufen hatte, war allmählich milder geworden. Die Entfernung war dem Eindringling günstig, denn er gewann, indem er im Halbdunkel der Erinnerung verschwand. Edmee gedachte seiner nur mit Verdruß, wenn sie sich sagte: nächstens wird er sich wohl wieder sehen lassen. Aber im voraus wollte sie sich nicht mit ihm beschäftigen, vielmehr war sie bemüht, ihn so lange als möglich zu vergessen.

Ihrer Mutter widmete sie aufrichtige Teilnahme, sie erwartete, sie unglücklich zu sehen, und nahm sich vor, es ihr sodann an Beweisen ihrer aufrichtigen Liebe nicht fehlen zu lassen.

In dem Maße, als Edmee im Alter fortschritt und vernünftig zu urteilen anfing, kühlte sich die fanatische Frömmigkeit, die sich zur Zeit der Konfirmation ihrer bemeistert hatte, allmählich ab. Sie übte die Religionsgebräuche aus, doch mehr aus Prinzip, als um einem Herzensbedürfnis zu genügen. Sie hatte ihren Seelenzustand dem Abbé vertraut, und darüber entspannen sich oft zwischen den beiden lange Gespräche. Die ganze geheimnisvolle, wundererfüllte Seite der Religion war ihrem Glauben entrückt; sie wollte sie gar nicht mehr gelten lassen. Es schien ihr, als ob zwischen den wirklichen Geschehnissen, auf welche sich die christliche Lehre stützt, und den moralischen Schlüssen, welche die Religionssatzungen aus ihnen zu ziehen vorgeben, ein Mißverhältnis walte, das sie abstieß. Der gute Pfarrer wies sie in sanfter Weise zurecht.

»Nicht grübeln, mein liebes Kind, glauben!«

Darauf entgegnete sie: »Was ich nicht begreife, vermag ich auch nicht zu glauben. Wie kann man aber zum Begreifen gelangen, ohne zu forschen?«

Der Alte klopfte ihr alsdann mit zwei Fingern sanft auf die Wange und sagte in liebevoll verweisendem Tone: »Im Grunde sind Sie eine kleine Ketzerin ... Und wenn ich bedenke, daß kein andrer als ich Sie unterrichtet hat! ... Das ist wahrhaft niederdrückend! ... Der Geist der Empörung und des Hochmuts wohnt in Ihrem Innern ... Trachten Sie, ihn zu beherrschen! ... Seien Sie demütig! ... Lassen Sie Ihre Blicke nicht über den Himmel hinausschweifen. Suchen Sie nur das zu erkennen, was der Herr uns zu zeigen für gut befand. Wir sind im Vergleich zur Unendlichkeit so klein und nichtig, weshalb sollten wir uns anmaßen, deren Geheimnisse zu ergründen? Wir sind nicht im stande, viel von den Dingen der vergänglichen Welt zu erkennen, und verlangen, daß die große, ewige Macht sich unsrer Erkenntnis erschließe. Mit unsrem Auge Vermögen wir nur wenige Gestirne am Himmel zu unterscheiden, während es ihrer Millionen gibt, deren wir nicht ansichtig werden ... Und dennoch leugnen wir ihre Existenz nicht. Weshalb also das bezweifeln wollen, was unsre beschränkte Vernunft uns zu erkennen nicht gestattet?«

So pflegten die beiden zu plaudern, wenn sie sich des Abends in den Baumgängen des Parkes oder im Freien ergingen. Ueber ihren Häuptern war der Himmel, wie um die gläubigen Worte des Priesters zu bestätigen, mit Sternen besäet, in deren majestätischer Ruhe sich die wunderbare Ordnung des Weltalls offenbarte.

Edmee schwieg, um ihren alten Freund nicht zu betrüben, da sie ihm nicht sagen mochte, daß es eben diese bei allem feierlichen Gepränge doch so armseligen menschlichen Religionsgebräuche und diese im Vergleich mit der Größe der Dinge so schwachen menschlichen Schlußfolgerungen waren, die sie der geoffenbarten Religion abwendig machten und sie einer Art natürlicher Religion zudrängten. Sie empörte sich gegen die Aeußerlickkeit des Kultus, aber ihr Herz war voll Bewunderung für die Schöpfung und voll Anbetung für den Schöpfer.

Der Pfarrer lieh ihr Bücher, die, wie er meinte, sie überzeugen würden. Sie las sie gewissenhaft, fühlte sich aber verletzt von ihrer kleingeistigen Beweisführung, der Beschränktheit ihrer Richtung, dem vorgefaßten Entschluß, die Frage zu verdrehen, indem man die ganze Religion auf Beobachtung von Formen und die Annahme von Gebräuchen zurückführte, statt sie zu erweitern, zu vergrößern, sie unermeßlich darzustellen wie die Unendlichkeit und weit wie die Ewigkeit. Diese Religion war der Größe des Menschen angepaßt und nicht der Gottes; das war eine Religion, die man wie ein Meßgewand anlegen konnte, um sich ihrer zu bedienen, und die man schließlich bequem trug und die einen nicht zu Boden drückte.

»Wissen Sie wohl,« meinte manchmal der Geistliche, »daß Sie mit Ihren Ansichten sich den Protestanten nähern?«

»Dennoch aber liebe ich diese nicht,« erwiderte Edmee, »Das Trockene und Strenge ihrer Religionsanschauung ist mir antipathisch.« Lachend fügte sie hinzu: »Suchen Sie nicht, mich zu klassizieren, guter Vater, es lohnt wahrlich nicht der Mühe. Ich bin schließlich nur ein kleines, ungezogenes Mädchen, das selbst nicht weiß, was es will.«

In ihrem Innern jedoch empfand sie Unruhe und Besorgnis. Sie war zu frühzeitig zum Nachdenken über ernste Gegenstände gelangt. Die stille, sorglose Sicherheit glücklicher Kinder, die nicht genötigt sind, sich selber zu raten, sich in sich selbst zurückzuziehen und Kümmernisse zu bergen, welche ihr schwaches, zartes Wesen noch zu schwer belasten, hatte sie nie besessen. Sie hatte in aller Stille viel ernste Geistesarbeit bewältigt, die sie zwar nicht niedergedrückt, aber doch ermüdet hatte, so daß sie jetzt jene Frische der Jugend, die weder Sorge noch Mühe kennt, nicht mehr hatte.

Inzwischen wurden die Briefe ihrer Mutter seltener, was eine gewisse Ermüdung verriet. Sie waren auch weniger begeistert und ließen das Bemühen einer Frau erkennen, die nicht vollkommen glücklich ist, die sich aber über ihren Zustand täuschen möchte. Der Glücksrausch der ersten Zeit schien sich verflüchtigt zu haben: jenem schönen Tage war kein Morgen gefolgt. Es waren noch immer die gleichen Lobeshymnen über die Reize des lustigen Lebens, aber aufrichtige Freude pulsierte nicht mehr in ihnen, das bewiesen die gesuchten, gewollten, erkünstelten Auseinandersetzungen. So war beispielsweise nur noch äußerst selten die Rede von Herrn von Ayères, dessen Triumphe unerwähnt blieben, als ob sie aufgehört hatten, ihr zu gefallen. Abgespanntheit sprach jetzt aus ihren Briefen, die zuweilen ein sehnsüchtiges Verlangen nach dem friedlichen Croix-Mort ausdrückten, »welches wohl bei der Wiederkehr des Frühlings sehr hübsch sein müsse;« jetzt hieß es durchaus nicht mehr die trübselige Wildnis, wo man unter Bauernlümmeln lebte.

Der Frühling war in der That wiedergekehrt, mit milden Sonnenstrahlen und köstlichen Wohlgerüchen in seinem Geleite. Die Weißdornhecken blühten und das Geißblatt durchduftete das Gehölz. Vor Edmees Fenster prangte ein riesiger Rosenstrauch, der, mit Knospen bedeckt, wie ein von einem verliebten Giganten auf den Rasen gelegter Strauß aussah. Erbebend schüttelte die Natur ihre Erstarrung von sich, ließ die Keime schwellen und den Saft in die Bäume treten. Lind wehten die Lüfte, warm fiel der Regen nieder, und ein kräftiger Erdgeruch entströmte dem Boden.

In ihrem kleinen, von dem alten Pony gezogenen Wägelchen unternahm jetzt Fräulein von Croix-Mort, die sich mm einer Art köstlichen Taumels ergriffen fühlte, wieder ihre Ausflüge im Walde. Wenn sie über einen der tief ausgefahrenen Wege mußte, versanken die Räder ihres Gefährtes fast in den Geleisen, welche die schweren Fuhrwerke der Holzhändler gebildet hatten. Rechtzeitig pflegte sie dann Jean Billet zu entdecken, der, seine Flinte umgehängt, hinter einem Gebüsche lauerte und ein freundlicher Schutzgeist des Waldes zu sein schien. Strahlenden Antlitzes trat er näher, hoch erfreut, einige Stunden in der Nähe seines teuren Fräuleins weilen zu dürfen. Mit kräftiger Hand stieß er das Wägelchen vorwärts, indes er dem kleinen Pferde mit der Zunge zuschnalzte, was dieses wieder anfeuerte. Dann bat er, Edmee möge absteigen und ihn zu einem Versteck im Gehölz begleiten, um die dort brütenden Fasanhennen zu beobachten. Stillschweigend schritten beide behutsam dahin, bis Billet in leisem Tone sagte: »Sehen Sie, gnädiges Fräulein, da ist eine ... dort sitzt sie, die Dicke, zwischen den Kräuterstauden. Wie ihr schwarzes Auge rollt. Es verdrießt sie, daß wir hier sind ... Sie dürfen unbesorgt näher treten, sie wird sich nicht rühren ... sie kennen mich alle ... Ich lasse meinen Hund zu Hause, damit er sie nicht erschreckt, denn solch ein Vieh – nicht wahr? – das hat denn doch nicht so viel Verstand wie ein Mensch, er würde das Wild aufscheuchen ...«

Der Waldhüter beugte sich zu der Henne herab, deren Gefieder sich vor Entsetzen sträubte, pfiff leise, um sie zu beruhigen und hielt sie mit einer Art magnetischer Kraft regungslos unter seinem Blicke gebannt, indes er mit ihr plauderte: »Bleib nur da, mein gutes Tier ... besorge brav dein stilles Geschäft ... Niemand thut dir 'was zuleide ...«

Dann setzten sie ihren Weg fort, umflutet von der warmen Frühlingssonne, welche etwas Erschlaffendes hat und die Glieder schwer macht. Billet pflückte während des Gehens Feldblumen von feinem, zartem Duft und ordnete sie, ohne die Dornen für seine schwieligen Hände zu fürchten, zu einem reizenden Strauß. Das Heidekraut dämpfte das Rasseln der Räder, und geräuschlos rollten sie über den duftenden Plan. Bei der Biegung einer Allee streckte Billet schweigend den Arm nach einer grünen Lichtung aus und wies Edmee ein Reh, das auf seinen schlanken Läufen dastand, die schwarze Schnauze in der Luft, mit gereckten Ohren lauschend, zugleich erstaunt und ängstlich die beiden anstarrend, die in sein

Gebiet eindrangen. Dann eilte es plötzlich in großen Sätzen davon und verschwand, einen zornigen Laut ausstoßend, im Dickicht.

Auf diesen Spazierfahrten, bei denen ihr der wackere Mann Gesellschaft leistete, ohne daß sie sich mit Reden anzustrengen brauchte, fand Fräulein von Croix-Mort die freie Sorglosigkeit früherer Jahre wieder; sie vergaß ihre Befürchtungen, ihre Sorgen und kehrte, von der Ruhe und Frische des Waldes erheitert, stillzufrieden heim. Der Frühling war dem Sommer gewichen, der Juli nahte seinem Ende. Frau von Ayères, deren Briefe immer seltener und immer kürzer wurden, weilte jetzt mit ihrer ganzen vergnügungssüchtigen Clique in Trouville, wo sie viermal des Tages Toilette machte, ins Kasino ging, Ausflüge zu Pferde, auf der Jacht, in großen Gesellschaftswagen unternahm und an dem Meeresstrande gleichwie sonst im Staube von Paris die schwere Last des vornehmen Modelebens einherschleppte.

Anfangs August erkundigte sich Regine nach dem Stande der Jagd und gab ihrer Tochter Weisungen für den Waldhüter. Edmee erschrak. Waren diese Anordnungen nicht ein Zeichen baldiger Heimkehr? In einigen Wochen sollte die Jagd beginnen, und Herr von Ayères war Jagdliebhaber. Die beiden Besitzungen Croix-Mort und Vignerie nahmen einen Flächenraum von siebenhundert bis achthundert Hektar ein und bildeten ein herrliches Jagdgebiet, welches, Dank der strengen Überwachung Billets, einen reichen Wildstand aufwies.

Eine Woche darauf war diese Rückkehr für Edmee nicht mehr zweifelhaft. Die Baronin schrieb:

»Lasse alle Räume des Schlosses öffnen, sieh nach, ob die Zimmer in gutem Stande sind, und wenn es an Einrichtungsstücken fehlen sollte, um sie auf das Behaglichste auszustatten, so lasse alles, was Du für nötig hältst, von Vignerie, welches nicht bewohnt werden wird, herüberholen. Wir werden nächstens auf Croix-Mort Gesellschaft haben.«

Gesellschaft! Das große Wort war ausgesprochen. Edmee fühlte sich davon tief bewegt. Diese Gesellschaft, die ihr verhaßt war, die ihr ihre Mutter genommen hatte, kam jetzt sogar hierher, um sie in ihrer Zurückgezogenheit heimzusuchen.

Sie hatte sich geweigert, sich dieser Gesellschaft anzuschließen, und nun kam diese selbst zu ihr, kam mit ihren Ansprüchen, ihren Ordensbändern, ihrem Geräusch, geschmückt, zierlich, eroberungslustig, als Herrscherin auftretend, den schönen Ferdinand an der Spitze. Anfangs hatte sie Furcht. Würde sie dem ansteckenden Gifte des Vergnügens, das sich so bald und so vollständig ihrer Mutter mitgeteilt hatte, zu widerstehen vermögen? Wie sich schützen vor dieser glänzenden Sittenverderbnis, die sich so rasch auf jeden übertrug? Mußte sie doch in der Atmosphäre leben, welche diese Weltmenschen um sie her schaffen würden! Sie war nicht so hochmütig zu glauben, ihre Vernunft würde ihr hinreichenden Schutz gewahren und sie vor jeder Gefahr bewahren. Für so stark hielt sie sich nicht. Zudem fühlte sie eine seltsame Unruhe bei dem Gedanken an das fröhliche, muntere, lebhafte Treiben, welches bald die weiten Räume der stillen Behausung erfüllen sollte; es war, als ob das ungestüme Blut ihres Vaters, welcher der Weltlust in so hohem Grade ergeben gewesen, sich in ihren Adern regte.

Sie erteilte die Befehle, welche ihre Mutter ihr übermittelt hatte, und überwachte selbst die Arbeiten zur Ausschmückung des Schlosses. Das Gartenparterre wurde mit künstlerisch geordneten Blumengruppen geziert, der Sand auf der Terrasse erneuert und alles Unkraut, das im Schatten der Steinpfeiler sproßte, mußte verschwinden. Das alte Mobiliar des Schlosses wurde von seinen schützenden Hüllen befreit und in den großen venezianischen Spiegeln glitzerte wiederum die schimmernde Fläche des Teiches. Lange, ehe sich noch die Pariser blicken ließen, hatte sich das Schloß in festlichen Glanz gekleidet. Alles schimmerte in ungeahntem Reiz und das Ansehen der erwarteten Besucher übte bereits seine Wirkung aus.

Die quälende Unruhe, die Edmee jetzt erfüllte und deren sie sich vergebens zu erwehren suchte, war der Gegenstand ihres unablässigen Sinnens. Sie fragte sich mit Besorgnis, ob sie wohl stets in diesem erregten, rastlosen Zustande verbleiben würde, den sie nicht einmal vor andern verbergen konnte. Der Pfarrer, der gute Mann, der doch sonst keineswegs einen besondern Scharfblick besaß, sagte ihr unbefangen: »Ich finde, daß Sie nicht wie gewöhnlich aussehen. Ihre Gesichtszüge verraten eine gewisse Unruhe, die ich noch niemals an Ihnen wahrgenommen ...«

»Etwas Ermüdung vielleicht,« antwortete sie ausweichend; »wenn man keine Uebung in solchen Dingen besitzt, ist es eine schwierige Sache, ein Haus einzurichten ...«

»O, welchen Veränderungen werden wir hier entgegengehen, mein liebes Kind!« seufzte der Gute. »Adieu Plauderstündchen am Sonntag abend! ... Inmitten all der Zerstreuungen, die Sie erwarten, werden Sie Ihres alten Freundes nicht mehr gedenken ... Bah! Amüsieren Sie sich! In Ihrem Alter soll es so sein.«

Edmee schwieg; sie wagte nicht, ihm ihre Befürchtungen anzuvertrauen, da sie wohl begriff, daß sie von diesem schlichten Gemüte keine weltlichen Ratschläge fordern könne. Billet mit seinem Spürsinn eines Wilden war tiefer in die Gedanken des jungen Mädchens eingedrungen. Seitdem er wußte, daß Herr von Ayères zurückkehren würde, sprach er sehr wenig, aber seine Augen redeten deutlich genug. Selbst seine Jagd, auf die er so eifersüchtig war, beschäftigte ihn jetzt nicht.

Es fiel ihm gar nicht ein, an sein Wild zu denken, das er liebte, wie ein Geiziger sein Gold, und das nun scharenweise unter dem Blei der Pariser hinsinken sollte, wie er sich voll Verachtung sagte. Er dachte nur an Edmee, erschien unter dem nichtigsten Vorwande zwei- bis dreimal des Tages im Schlosse und wartete auf ein Wort oder einen Blick von ihr. Es war die liebevolle Unterwürfigkeit eines Hundes, der seinem Herrn zu Füßen liegt.

Einmal nur hatte er eine kurze Anwandlung von Widersetzlichkeit; es war dies, als Fräulein von Croix-Mort ihm eine Uniform aus grünem Tuch mit roten Aufschlägen übergab, die aus Paris für ihn eingetroffen war und welche er auf Wunsch des Herrn von Ayères fortan tragen sollte. Er drehte den Anzug eine kurze Weile zwischen den Händen hin und her, dann warf er ihn auf eine Bank und meinte entrüstet: »Er will, daß ich eine Livree tragen soll wie ein Bedienter, mit seinem Namenszuge auf den Knöpfen! ... Ah! ah! ... Das würde Jean Billet gerade anstehen! Nein, ich werde seinen schönen Rock nicht anlegen, nein, unter keinen Umständen! Ich habe keine Lust, das Narrenzeug auf meinem Rücken im Walde spazieren zu tragen, damit meine ›Pfleglinge‹ mich nicht wieder erkennen und sich vor mir fürchten! ...«

»Du mußt es, Billet, weil man es dir befiehlt,« sagte Edmee sanft.

»Aber, könnte ich denn überhaupt leben, in dieses Futteral eingezwängt! ...«

»Wenn der Rock dir zu eng ist, so werde ich selbst dir ihn bequemer machen.«

Sie schüttelte nachdenklich das Haupt und fügte hinzu: »Siehst du, es gibt gar viele Dinge, die unbequem sind und die man dennoch tragen muß.«

Bei diesen Worten schoß ein Lichtstrahl aus den gelben Augen Billets, es war, als leuchte sein Innerstes in diesem Blicke auf. Er trat näher, wie um auf die Knie zu sinken, und erwiderte mit ganz leiser Stimme: »Ich bitte Sie um Verzeihung, Fräulein Edmee, daß ich Ihren Kummer noch vergrößern konnte ... Sie haben recht: es gibt Dinge, die unbequem sind und die man dennoch tragen muß.«

Und ohne weiteres Zögern schob er die Livree unter den Arm und ging davon.

Ende des ersten Bandes.

## Über tredition

### Eigenes Buch veröffentlichen

tredition wurde 2006 in Hamburg gegründet und hat seither mehrere tausend Buchtitel veröffentlicht. Autoren veröffentlichen in wenigen leichten Schritten gedruckte Bücher, e-Books und audio-Books. tredition hat das Ziel, die beste und fairste Veröffentlichungsmöglichkeit für Autoren zu bieten.

tredition wurde mit der Erkenntnis gegründet, dass nur etwa jedes 200. bei Verlagen eingereichte Manuskript veröffentlicht wird. Dabei hat jedes Buch seinen Markt, also seine Leser. tredition sorgt dafür, dass für jedes Buch die Leserschaft auch erreicht wird.

Im einzigartigen Literatur-Netzwerk von tredition bieten zahlreiche Literatur-Partner (das sind Lektoren, Übersetzer, Hörbuchsprecher und Illustratoren) ihre Dienstleistung an, um Manuskripte zu verbessern oder die Vielfalt zu erhöhen. Autoren vereinbaren direkt mit den Literatur-Partnern die Konditionen ihrer Zusammenarbeit und partizipieren gemeinsam am Erfolg des Buches.

Das gesamte Verlagsprogramm von tredition ist bei allen stationären Buchhandlungen und Online-Buchhändlern wie z. B. Amazon erhältlich. e-Books stehen bei den führenden Online-Portalen (z. B. iBookstore von Apple oder Kindle von Amazon) zum Verkauf.

Einfach leicht ein Buch veröffentlichen: **www.tredition.de**

## Eigene Buchreihe oder eigenen Verlag gründen

Seit 2009 bietet tredition sein Verlagskonzept auch als sogenanntes "White-Label" an. Das bedeutet, dass andere Unternehmen, Institutionen und Personen risikofrei und unkompliziert selbst zum Herausgeber von Büchern und Buchreihen unter eigener Marke werden können. tredition übernimmt dabei das komplette Herstellungs- und Distributionsrisiko.

Zahlreiche Zeitschriften-, Zeitungs- und Buchverlage, Universitäten, Forschungseinrichtungen u.v.m. nutzen diese Dienstleistung von tredition, um unter eigener Marke ohne Risiko Bücher zu verlegen.

Alle Informationen im Internet: **www.tredition.de/fuer-verlage**

tredition wurde mit mehreren Innovationspreisen ausgezeichnet, u. a. mit dem Webfuture Award und dem Innovationspreis der Buch Digitale.

tredition ist Mitglied im Börsenverein des Deutschen Buchhandels.

## Dieses Werk elektronisch lesen

Dieses Werk ist Teil der Gutenberg-DE Edition DVD. Diese enthält das komplette Archiv des Projekt Gutenberg-DE. Die DVD ist im Internet erhältlich auf **http://gutenbergshop.abc.de**

Zeitfracht Medien GmbH
Ferdinand-Jühlke-Straße 7
99095 Erfurt, Deutschland
produktsicherheit@kolibri360.de